Tout le monde n'a pas eu la chance
d'avoir un ami dans sa playlist

Olivier Laucournet

# Tout le monde n'a pas eu la chance d'avoir un ami dans sa playlist

Roman

ISBN : numéro 978-2-9563149-1-2

*À Josy, à Guy, qui nous ont quittés trop tôt.*
*À Christine, Lucas, Florian, mes trésors.*
*À Mélanie, mon arrière-grand-mère.*

# Chapitre 1

*Ma petite entreprise*
*Connaît pas la crise*
*(Alain Bashung)*

Fin.

Fin.

Voilà ; débarrassé des multiples termes superflus dont je l'avais agrémenté, ce mot unique retranscrit exactement tout ce que je souhaitais exprimer dans ce dernier ouvrage.

Inutile d'imaginer les phrases alambiquées auxquelles j'avais pu m'essayer, et que je viens de déshabiller une à une avec bonheur.

Fin, le mot parfait qui se suffit à lui-même.

Et les schémas habituels ne me soucient guère.

Grâce à lui, j'ai achevé mon dernier livre.

C'était tout simple en fait.

Fin.


— Peu m'importe que tu commences ton livre par la fin, pourvu que tu le finisses.

— Il ne s'agit pas que du début.

— Je ne comprends pas.

— Tu viens également de lire la fin.

— Didier, tu sais à quel point je goûte à ton second degré habituellement, mais aujourd'hui, tel que tu me vois, je suis un peu pressé. Alors, si tu pouvais me remettre ton nouveau manuscrit, le vrai, j'apprécierais.

— Tu le tiens entre tes mains.

— Enfant, mes parents me répétaient de ridicules dictons du style « les plaisanteries les plus courtes... ». Pas toi ? Il me semble cependant que le contexte s'applique parfaitement ici.

— Je suis des plus sérieux. Je dois être habité, je dois posséder en moi de belles histoires à narrer afin que le lecteur puisse rêver, s'envoler, s'évader de son lourd quotidien. Et là, rien ne m'inspire, du moins positivement, je ne vais pas me forcer à produire des lignes pour produire des lignes.

— J'ai besoin de ton manuscrit.

— Besoin ou pas.

— Mais ils attendent le dernier Beauregard.

— La belle affaire ! Ils peuvent toujours attendre le dernier Beauregard. Si Beauregard n'a rien à leur raconter, il ne leur racontera rien.

Ni Beauregard, ni personne en son nom. Mais, mon étonnant penchant pour l'autoflagellation et pour l'invention permanente de toute sorte de scenarios catastrophes mis de côté, cette hypothèse était des plus incongrues. Je fréquentais Jean-Roch depuis suffisamment de printemps pour ne rien ignorer de ses principes en la matière.

— Si tu n'es pas inspiré, prends un nègre.
— ? Comment ?

Quelqu'un aurait-il évoqué des principes ? Quels principes ? Cette notion même de principe ne serait-elle pas, finalement, un concept très ténu et profondément désuet par les temps qui courent ?

— Prends un nègre.
— Te rends-tu compte de ce que tu me dis là ?
— Oui. Tu n'aimes pas mon humour ?
— Je crains que nous ne soyons très éloignés d'une quelconque forme d'humour de ta part. Quoi qu'il en soit, au risque de cruellement te décevoir, je peux te garantir que nous ne sommes pas à la veille du jour où, en conscience, tu m'arracheras ce type de blanc-seing.
— Tu penses pouvoir choisir ?
— Encore heureux !
— Exact, tu as le choix. Celui de me fournir ton ouvrage.
— Non.

— Pourtant, nous avons un contrat.
— Et alors ? Tu le casses le contrat. Tu reprends ta liberté, et moi je reprends la mienne. Je te redonne ton acompte, je n'y ai pas touché.
— Cela ne fonctionne pas tout à fait de cette manière. Il ne s'agit pas uniquement d'une question d'argent, mais d'un roman que tout le monde attend.
— Si, avec moi cela fonctionne de cette manière. Le jour n'est pas arrivé où je tomberai dans « l'écriture business ». Il est

attendu ? Personne ne sait ce qu'il pourrait contenir, mais il est attendu ? Mazette ! Tu avoueras que nous flirtons tout de même joyeusement avec les limites de l'ubuesque et de l'abracadabrantesque, là. Et si je suis victime d'un grave accident demain, si je meurs, ils l'attendront des années et des années, et ils ne le découvriront jamais. Et le microcosme du livre français continuera son petit bonhomme de chemin, sans en être véritablement affecté.

— Rassure-moi, je ne suis pas en prise, à mon insu, avec une terrible illusion ? Je ne m'entretiens pas avec un de tes fantômes, de tes clones ou de tes sosies ? Tu es donc bien tout ce qu'il y a de plus vivant en face de moi ? Or, arrête-moi si je me trompe, mais, considérant que le niveau d'exigence que nous sommes en droit de revendiquer d'un vivant me paraît somme toute assez différent de celui pour un mort — et ce, d'aussi loin que nous puissions remonter aux origines de notre belle planète —, il me semble que ton argumentation présente, en conséquence, de menues faiblesses, et que tu ne peux pas te permettre ce genre d'impasse.

En face de moi justement, je ne reconnaissais pas mon éditeur. Jean-Roch Mallois, PDG de Seller's Edit, était un homme physiquement insignifiant, la cinquantaine bien marquée, petit, rondouillard, engoncé dans un costume trop grand pour lui, un visage sans charme, des cheveux très courts. Et puis rouge, très rouge à cet instant. Autre caractéristique du moment, et celle qui me frappait le plus, car à mille lieues de son comportement habituel, sa façon de parler, cette sorte de « je veux et j'exige ». Dieu m'était témoin que j'avais rencontré quelques spécimens avec cette attitude solidement chevillée à la personnalité au cours de ma précédente expérience professionnelle — lorsque j'œuvrais en tant que consultant junior dans un cabinet d'audit —, mais Jean-Roch ne s'était pas compromis dans ce type de caricature jusque-là. Comme quoi... Même dans les arts... Plus un domaine préservé. Quelle formidable époque !

Et à titre personnel, quelle déception...

— Écoute, tu te trouves peut-être dans une mauvaise passe au niveau des idées, mais tout va s'arranger, j'en suis persuadé. Ce que je te propose, je t'offre une rallonge, tu te mets au vert dans un endroit qui t'apaise, qui t'inspire, même au bout du monde, sur une île paradisiaque. Tu ne te poses aucune question, tu me faxes tes notes de frais, tu prends quelques mois de plus. Et tu m'envoies un bijou.

— Ah, la lune… Tes tout nouveaux trésors d'empathie n'y changeront rien cependant. Ces dernières années, j'ai enchaîné les livres comme le pizzaïolo enchaîne la fabrication de ses pizzas. Mais j'avais des pensées à exprimer, un fond à partager. Là, je m'aperçois que ce n'est plus le cas, que je parviens au bout d'une route, que je dois tourner une page. Alors, il vaut mieux être lucide et me retirer. Et toi investir sur de nouveaux talents qui n'espèrent qu'un signe de ta part, et qui le méritent ; explorer de nouveaux styles, de nouveaux univers.

— J'entends bien tes nobles intentions, qui sont tout à ton honneur. Mais, malheureusement, mes lecteurs, eux, ils ne me réclament pas de nouveaux talents, ce qu'ils me réclament c'est leur Beauregard. Et son nouvel opus.

— Même si le nouvel opus est mauvais... Mais quelle voie culturelle sommes-nous donc en train de tracer à nos lecteurs, en nous préoccupant exclusivement de satisfaire leurs désirs les plus immédiats et en les incitant, ce faisant, à ne pas s'extraire de leur zone de confort, à se cantonner essentiellement à leur périmètre connu d'auteurs à succès, et à leurs futurs best-sellers vantés par tous ? Si personne, au cœur de notre système, ne s'en soucie, qui les ouvrira sur d'autres joyaux ?

— Parce que tu imagines que les Métemps, les Rocque, les Sensuot, les Traus, ils se perdent dans ce type d'états d'âme ?

— Non, je sais, ils produisent. Ils produisent beaucoup. Certains s'essaient parfois au « trash », ou au « encore plus trash ». Souvent leurs livres se ressemblent, et de plus en plus. Ils ne donnent pas l'impression de se renouveler, de progresser. Que délivrent-ils réellement ? Que ressentent les lecteurs ? Que restera-t-il d'eux à la postérité en procédant ainsi ? Et, je ne tiens pas à cracher dans la soupe, mais j'ai le sentiment que s'ils écrivaient « les yeux fermés », les critiques actuels continueraient de crier au génie ! Sauf que je n'ai jamais rêvé de devenir un stakhanoviste du roman, quand bien même il s'agirait d'un génie stakhanoviste.

C'est affolant, le lecteur ne lit plus des œuvres, il consomme du livre. Un jour tu disparaîtras, vous disparaîtrez tous, « paradygmos », avec vos schémas préétablis et votre baromètre du marché omniprésent. Le net, d'autres formes d'édition vous dépasseront.

En même temps, alors que je prenais désormais la peine de m'attarder sur le décor, son locataire ne dépareillait pas. Tout en verre composite, en matériaux sans âme, sans couleur, de grands espaces sans chaleur, bien loin des bibliothèques et librairies d'antan, aussi déshumanisé, pour moi, à cette minute, que l'homme qui cherchait à toute force le oui dans mon regard.

— Un roman par an…

— Justement, oui, un roman par an. C'est ici que le bât blesse. Tu crois que Flaubert, son éditeur lui aurait réclamé un roman par an ? Et que, si les lecteurs ne feuilletaient pas le dernier Flaubert chaque hiver, c'était le signe annonciateur d'une éventuelle fin de la littérature ? Non. Désolé, je ne « monte » pas un roman comme les ouvriers montent une voiture.

— Tu parles de voiture, tu parles d'ouvrier, mais as-tu bien conscience de ton statut de privilégié ? Le gars, à l'usine, il n'arrête pas quand bon lui semble. Tu travaillerais à la chaîne, comme tu me l'assènes, ton chef ne te demanderait pas si tu veux arrêter la fabrication d'une DS4 sur deux.

Quel choc ! Je venais de me rendre compte, en mode accéléré et brutal, combien je m'étais fourvoyé sur le bonhomme. En fait, pourvu qu'il puisse disposer de son objet, le chemin pour le façonner l'intéressait assez peu,

— Il faut que nous trouvions une solution.
— Je n'en ai aucune à te proposer. Moi je prends du champ, et toi tu « bichonnes » de nouveaux talents.

La discussion n'avait que trop duré. Je n'en obtiendrais rien. Avant de s'échanger des mots irréparables, d'avancer des notions d'avocats, de justice, etc., je décidai de couper court et de partir, le laissant là, stupéfait et furieux.

Pas tant que moi.

---

*Je suis comme ci*
*Et ça me va*
*Vous ne me changerez pas*
*Je suis comme ça*
*Et c'est tant pis*
*Je vis sans vis-à-vis*
*(Zaz)*

# Chapitre 2

*À trop rêver, le coeur comme une éponqe*
*La vérité*
*C'est que l'homme descend du songe*
*(Aldebert)*

Une fois à l'extérieur, j'aspirais le plus doucement possible, et en veillant à remplir mes pleins poumons, l'air pollué de la capitale. Pollué, mais pourtant si bon ! Une telle impression de calme, après cette entrevue qui m'était apparue surréaliste. Calme comme ces péniches, amarrées le long de la Seine, qui me faisaient face, depuis le pont d'Austerlitz où je m'étais réfugié, parfaitement insensibles à toute l'agitation alentour, complètement imperturbables. Finalement, les exercices de relaxation auxquels se livrait parfois Sylvia pouvaient s'avérer bénéfiques. Se concentrer sur sa respiration, fixer toute son attention sur ce simple geste à la fois automatique et vital. Je devais bien admettre que la tension liée à cette discussion si décevante s'estompait peu à peu.

Plus l'apaisement me gagnait, plus un autre sentiment m'envahissait. Celui de la liberté. Et il était doublement bon. Plus libre que moi à cet instant, cela me paraissait difficile. Et pas une petite liberté. LA liberté. LA liberté totale. Que pouvait-il exister de meilleur ?

Aucune difficulté matérielle pour plusieurs vies du fait des précédents Beauregard ; plus de problème d'éditeur car suffisamment d'indépendance d'esprit pour ne pas me sentir lié ; une belle santé ; des parents heureux, unis et surtout en bonne forme ; une fille brillante qui avait réussi ; plus de contrainte ou de dispute qui aurait pu être liée à des choix divergents avec Sylvia, mon ex-femme, même si... ; pas plus de souci d'ami, je n'en avais plus de vrai depuis bien longtemps, et j'avais mené une belle action de nettoyage dans tous les faux liés à la célébrité ; aucune question de conscience, en paix avec moi-même, honnête, aucun « cadavre », ni physique, ni spirituel à me reprocher ; aucune limite géographique, les plus grands espaces ou tours du monde qui m'étaient ouverts à l'infini ; il me semblait que je réunissais tous les critères propices à cette liberté totale. Oui, totalement libre.

Totalement libre, et après ?

Comment cela, et après ?

Oui, et après ? Comment vas-tu combler ton existence maintenant ?

Et après, et après. Il me plairait assez de m'engager dans l'humanitaire, bénévole aux Restos du cœur, dans une association de lutte contre la pauvreté, pour les enfants défavorisés. Pourquoi ? Peut-être pour compenser mes propres absences vis-à-vis des miens ? Et puis, tout un chacun le sait, je l'ai souvent entendu, c'est généralement « mieux chez les autres », pas de contrainte, pas d'obligation vingt-quatre heures sur vingt-quatre... Sans compter que, donner tout ce qui est en notre pouvoir à des enfants qui ne possèdent rien, auxquels les parents n'ont d'autre choix que de répondre non tout le temps, y compris pour les plus petites choses, pour les éléments les plus vitaux, lorsque leurs camarades ont tout, et surtout le superflu, voici un beau projet dans la vie, non ?

Oui, mais...

Une nouvelle objection ?

Oui, mais je cours le risque que quelqu'un me reconnaisse, et là... le charity business ou le « caricativ'name », très peu pour moi. Quant à me dissimuler sous le patronyme de Patrick Martin... imposteur, je crois que ce rôle n'est définitivement pas en phase avec ma philosophie, comme pour les livres. Sachant que, les associations grouillant de retraités, et particulièrement de retraités de l'enseignement, quasi les seuls à avoir regardé des émissions littéraires... ils me démasqueraient tôt ou tard. L'étranger ? Sur cette planète hyperconnectée, même danger potentiel en terme d'anonymat.

Et encore ?

Mais mince, après tout, pourquoi devrait-on toujours combler le vide ? Si moi je rêve d'une vie pleine de vide, pourquoi devrais-je absolument entrer dans un « cadre » ? N'est-ce pas ça, aussi, la liberté totale, préférer le vide si bon me semble ? Oui, là j'adhère.

La liberté, même totale, fait-elle le bonheur ?

Ah non, stop conscience ! Si l'homme totalement libre est plus malheureux que celui avec une hotte remplie de soucis...

Es-tu sûr d'être vraiment libre ?
Mais oui enfin ! Pourquoi ?

Quoique non, effectivement... Pour disparaître à jamais de tous les écrans de contrôle, et me muter en véritable mirage, je ne peux, à mon grand regret, m'affranchir d'un passage obligé par la case « j'annule tous mes outils d'esclavage numérique, adieu sempiternels portables et autres adresses mail ». Pfff...

Eh bien, les voilà un peu nostalgiques, tes premières heures de liberté dis-moi. Tiens, si tu appelais plutôt ta très chère attachée de presse.

---

*When a baby first breathes*
*When night sees sunrise [...]*
*Freedom*
*(Pharell Willams)*

# Chapitre 3

*Tournent les vies oh tournent les vies oh tournent et s'en vont*
*Tournent les vies oh tournent les violons*
*(Jean-Jacques Goldman)*

— Bonjour Morgane, je ne te dérange pas ?

— Didier, je te cherchais ! J'ai Madigan qui te voudrait sur le plateau du Grand Buzz samedi soir.

— C'est gentil, mais tu m'excuses et tu refuses l'invitation, j'ai besoin de prendre du recul, un peu d'air, que l'on m'oublie.

— Que l'on t'oublie ?

— Exactement.

— Mais, pour ton prochain livre, ta présence, au contraire...

— Je n'ai pas de prochain livre en stock.

— Pas de prochain livre ?

— Non.

— Et Jean-Roch ?

— Jean-Roch, il devra composer avec la partie la plus féminine de mon cortex d'écrivain reconnu.

— La partie la plus féminine de ton cortex d'écrivain reconnu ?

— Celle-là même. Figure-toi, Morgane, que nous avons des points communs insoupçonnés, inscrits au plus profond de nous. Certains adages trouvent, ainsi, parfaitement à se décliner sur des sujets en apparence assez différents. Écoute plutôt le suivant : ce qu'écrivain reconnu veut, Dieu le veut aussi. Et ce que Dieu veut, éditeur le subit. Sans la volonté de son écrivain reconnu, un éditeur… Je ne lui donne pas le choix.

— Soit, tu « géreras » avec lui, admettons qu'il ne réagisse pas pour le moment à cette disons... « mise entre parenthèse temporaire », mais, pour la suite, à quand puis-je laisser espérer ce nouveau roman tant entouré de mystère ?

— Tu ne laisses rien espérer.

— Et l'attente ?

— Tu laisses attendre sans rien communiquer, chacun imaginera ce qu'il voudra. Goldman, ses fans l'attendent depuis la fin du siècle dernier, et pourtant, personne ne peut exclure que plus aucun album ne soit produit à son nom. Enfin, pour ma part, il ne s'agit nullement de temporaire, ma décision est définitive, je ne publierai plus de livre.

— Plus de livre ?
— Tout à fait.
— Tu rencontres un gros problème dans ta vie ? Tu peux m'en parler, tu sais.
— Non, absolument rien, je te promets.
— Un « coup de mou », une baisse passagère, tu vas te reprendre.
— Pas plus, je t'assure, corps et esprit, tout est complètement dans l'ordre.
— Besoin de t'éloigner, de sortir de ton quotidien, de chercher l'inspiration dans de nouveaux horizons.
— Il me l'a déjà proposé, non, le lieu n'y changera rien.
— Mais voyons, écrire, c'est toute ton existence, c'est impossible, tu ne pourras pas...
— Si.

— Et moi, que vais-je devenir si je n'ai plus à vanter tes mérites ?
— Je ne m'inquiète pas pour toi. Tu possèdes, ou trouveras, dans ton carnet d'adresses, suffisamment d'autres auteurs dont tu prendras grand soin.
— Et si je ne tiens pas à prendre grand soin d'autres que toi ?
— Alors, je te conseille d'envisager sérieusement une réorientation professionnelle, car la crise te guette.
— C'est moche.
— Il y a bien pire en ce bas monde.
— Peut-être, mais je regretterai nous deux.
[…]

— En cas de sollicitation pour un nouveau projet d'intérêt, un jury, un prix, je peux malgré tout te contacter ?

— Non.

— Au moins pour avoir des nouvelles ?

— Avec plaisir !

— Nous nous reverrons ?

— Mais bien sûr, pourquoi cette question ?

Au fond de moi, je n'en étais pas si convaincu.

Je me remémorais les premiers temps avec Morgane, notre forte affinité, proximité. Probablement, à plusieurs reprises, nous aurions sans doute pu aller un peu plus loin, elle n'aurait sans doute pas fermé la porte. Morgane, ma jolie brunette aux iris sentant bon le miel de maquis et aux fossettes rieuses et contagieuses. Mais j'étais marié, et pour moi cela signifiait beaucoup. Elle avait dû me considérer comme un homme bien « niais » à l'époque, encore plus dans le milieu où nous évoluions. J'étais vraisemblablement trop lisse à ses yeux, trop empli de principes, trop en retenue, pas assez osé, pas assez sulfureux, pas assez graveleux ; à l'image des retours que j'avais obtenus sur mes livres d'avant la célébrité, lorsque j'étais un écrivain forcément « frustré » selon le milieu, car dans l'incompréhension de ne pas être signé. Et désormais, alors que j'avais divorcé, elle était devenue la maman d'un petit bébé. Ce n'était plus le moment, la période où, telle une lionne obnubilée par ses lionceaux, plus rien autour d'elle ne pourrait attirer son attention. Et puis, dans quelques semaines, mois, années, la garde aurait, naturellement, de fortes probabilités de se desserrer, mais il serait trop tard. La vie, le destin. Quand une rencontre, une histoire doit... quand elle ne doit pas...

Je la regretterai également.

Et ce que nous ne concrétiserions jamais aussi.

En plein retour arrière, je songeais maintenant au début de ma vie d'écrivain sortant de l'ombre. Comme j'avais aimé, comme je m'étais laissé griser. Et d'autant plus après toutes mes « galères » littéraires. Mais, à cette minute, il n'était plus question de repenser aux « galères ». À cette minute, je ne souhaitais retenir que le « bon » et pas le long chemin de croix pour y parvenir. Un autre jour.

Le plaisir intense d'être accepté par mon premier éditeur ; mon premier livre matérialisé, le bonheur infini de le toucher ; la fierté, fierté décuplée de le trouver pour la première fois en librairie ; puis le premier article, la première radio, la joie qui se lit sur le visage des proches, et le succès qui petit à petit se construit.

Je le crois sincèrement, j'étais alors quelqu'un de modeste, quelqu'un qui n'affectionnait pas de se mettre en avant, quelqu'un qui, de par son éducation, se sentait vraiment éloigné des comportements de « starlettes » de certains sportifs, acteurs, chanteurs. Mais, lorsque le Graal avait été atteint, j'avais adoré. Oui, je l'avoue, à cette époque j'avais commencé à devenir narcissique.

Très vite la première télévision dans une décennie où les émissions littéraires avaient encore un peu pignon sur rue, et rapidement une seconde, une troisième, et puis une autre, et une nouvelle : le tourbillon. Oui, je m'étais laissé porter, comme en lévitation. Et une Pivot, et une Field, et une PPDA. Et une « non littéraire », et une autre ; et une où vous n'avez rien à dire, à apporter, mais où votre présence est jugée « Indispensable », et une autre ; et une où vous vous exprimez sur tout, sur rien — surtout sur rien d'ailleurs — et une autre.

Comme tout ceci était flatteur. Comme j'avais apprécié d'être flatté. Comme j'en avais profité ! Et mon ego également. Profondément.

Jusqu'au moment où Sylvia avait mis le holà. Jusqu'au moment où elle était partie. Jusqu'au moment où, à force de me répéter qu'elle ne me reconnaissait plus, à force de tenter de me ramener à la réalité, elle avait décidé de quitter cet amour qui lui était devenu étranger au sens des valeurs humaines. Oui, je m'étais perdu. Aussi.

L'électrochoc fut fort. Il fut très dur. Mais il fut terriblement salvateur. Je revins sur terre à la même vitesse que celle que j'avais employée pour en décoller. Pour Sylvia, il était trop tard. Pour moi, il était encore temps. Je décidais de me centrer sur mes fondamentaux. Je me lançais alors à corps perdu, et de manière quasi compulsive, dans les mots, les phrases, les livres. Avec toujours autant de succès, voire plus, succès que je ne boudais surtout pas, mais que j'avais appris à maîtriser. Et, même à un livre par an, je prenais du plaisir. Et, même en mode « contrôle des interviews » pour défendre, annoncer ou vanter mon nouveau-né, celles-ci emplirent mon cœur de chaleur. Finalement, il me semblait ne pas m'en être trop mal sorti.

Durant cette période, qu'est-ce qui m'avait permis de « tenir » jusqu'à mon dernier roman, malgré la douleur de la séparation ? Je possédais de belles histoires à raconter. Quand aujourd'hui... me répéter, tourner en rond, pour de nouveau me fourvoyer, avancer contre mon moi le plus profond... Non. J'étais au bout d'un cycle, je devais basculer vers un autre.

Allais-je nourrir des regrets de cette mise en lumière ? À cet instant précis, j'en doutais. Je préférais retenir tout ce que j'avais engrangé.

---

*Ni remords, ni regrets*
*(Stephan Eicher)*

# Chapitre 4

*Ça n'est pas ta faute*
*C'est ton héritage*
*Et ce sera pire encore*
*Quand tu auras mon âge*
*Ça n'est pas ta faute*
*C'est ta chair, ton sang*
*Il va falloir faire avec*
*Ou plutôt sans*
*(Benjamin Biolay)*

Comme toujours, Elsa avait modifié son emploi du temps dès mon appel. Elle s'était rendue disponible, m'avait accueilli avec un immense sourire. Elle m'avait écouté avec attention, respect, compréhension. Je lui avais fait part de mes états d'âme, de mes motivations, de ma décision. Elle ne m'avait pas bousculé de questions. Juste une.

— Tu ne seras pas malheureux sans l'écriture, c'était ton souffle, ton moteur, ta passion ?
— Non. Mon souffle, mon moteur, ma passion, c'est toi, c'était ta mère, mes êtres chers. Écrire était devenu un métier plus qu'une passion depuis longtemps, même s'il s'agissait d'un métier fort agréable.
—Alors, ça va.

Aucun jugement, jamais. Comme j'appréciais.

Nous avions bien ri, à l'évocation de l'épisode épique où j'avais demandé au vendeur de mon opérateur téléphonique de m'aider à disparaître totalement des écrans de radar, en me rayant de toute vie numérique : portable, fixe, adresse mail, compte internet. La tête du jeune homme... Surtout lorsque je lui avais réaffirmé être entièrement satisfait, ne pas partir chez un concurrent et, qui plus est, demeurer en France, bien loin du bout du monde.

— Tu es certaine que je ne te dérange pas à rerouter mon changement d'adresse postale chez toi ?
— Quelle question !
— Merci, ma fille. Mon avocat gérera le reste. La théorie du secret professionnel, il maîtrise à la perfection, et ce depuis nos nombreuses années de compagnonnage. Il dispose de tous mes

numéros de compte, il me virera l'ensemble de mes défraiements.

— Tu ne veux vraiment pas t'installer à la maison ?

— Non, la dernière chose dont vous ayez besoin, c'est d'un vieux père comme nounou.

— Où vas-tu dormir ?

— Voyons chérie, tu n'as pas oublié que les possibilités d'un ex-auteur à succès sont infinies ?

— Alors, je ne rêve pas, tu t'es véritablement téléporté pour toujours hors de la confrérie des écrivains célèbres ?

— Oui. Enfin je le souhaite. Avec toutes les astuces que Mallois peut compter dans son sac, j'espère posséder tous les coups d'avance. Tu sais qu'il me proposait des destinations paradisiaques ?

— Et tu lui as laissé ?

— Bien sûr !

— Tu ne changeras pas papa. C'est beau, tu es intègre.

Je ne considérais pas « intègre » comme le mot le plus approprié pour caractériser mes dernières années... Quelle sollicitude, ma fille, avec son « vieux » papa. Le nombre de couleuvres qu'elle avait dû avaler, le nombre d'absences. Elle avait sans doute beaucoup souffert. D'autant que sa mère, infirmière, était parfois peu présente elle aussi. Comment avait-elle « survécu » à tout cela, comment, par quel miracle, s'était-elle construite ? Et tellement bien construite. Ophtalmologiste. Comme j'en étais fier.

Elle avait tout pour elle : l'intelligence, le caractère, la finesse, la beauté. Oui, si belle de surcroît. Rousse, élancée, de splendides yeux vert jade, une superbe chevelure souple ondulée, une peau joliment satinée de discrets brins d'abricot et de pêche très régulièrement répartis, avec l'apparence fragile d'une poupée de porcelaine, des proportions quasi parfaites qui avaient dû fausser bon nombre d'examens visuels de ses patients du sexe masculin.

Comment pouvais-je, moi, être le géniteur de cette femme magnifique à la tête bien remplie ? C'est rare, une femme rousse. Mais rare pas dans le sens littéral du terme, rare dans le sens de très haut vers les étoiles, dans le sens d'un charme à la fois naturel et distingué, simple et en même temps assez inaccessible, de celui que dégagent un certain nombre d'actrices lunaires. Certes, comme de multiples comparses, jeune, elle avait été raillée, mais elle s'était considérablement rattrapée à l'âge adulte. Quelle grâce !

Elle ne s'était pas précipitée pour me choisir un gendre à son image : équilibré, brillant, prévenant. Un homme bien. Ils menaient une vie où la part des choses était parfaitement réalisée entre le professionnel, leurs cabinets bondés — lui dentiste —, des travaux de recherche, des thèses et des séminaires ; et les moments pour eux, avec leurs amis, leur famille, qu'ils veillaient à se ménager suffisamment fréquents. Moments si doux, moments de partage et d'humilité, où ils fuyaient par-dessus tout la mise en exergue de leurs réussites, pour se consacrer à l'essentiel, le rapport humain vrai, entier et chaleureux.

En fait, c'était elle qui était intègre. Intègre avec son compagnon, intègre avec son vieux père qui ne le méritait pas forcément. Comme j'affectionnais qu'elle n'ait, au final, aucune rancune vis-à-vis de moi, que nous soyons si proches. Et puis, demain, ils me donneraient de beaux petits-enfants, il ne pouvait en être autrement. En attendant, je leur souhaitais que dure longtemps le joli chemin emprunté ensemble.

— Tu as des nouvelles de ta mère ?

— Non, ils ont largué les amarres il y une quinzaine de jours, pour leur escapade en voilier dans les îles, rien depuis. Mais tu connais Antoine et son goût immodéré pour les nouvelles, maman m'avait bien briefé sur leurs signaux probablement assez distants, et demandé de ne pas m'inquiéter. Comme elle m'avait largement encensé les qualités de son capitaine chevronné…

Quand je repensais que Sylvia n'avait jamais accepté la moindre traversée vers la Corse avec moi… le sacro-saint mal de mer… et avec cet homme, aucun souci pour plusieurs semaines… Quel gâchis !

— Ne pas dormir ne t'empêche pas de dîner avec nous ce soir ?

— Absolument pas. Par contre, ton frigidaire me semble bien vide, si nous allions faire quelques emplettes ?

— Oh oui !

Elle avait lancé un véritable cri du cœur, comme lorsqu'elle était petite fille. Nous adorions « l'exercice » des courses en duo, nous adorions les supermarchés, aussi étrange que cette idée puisse paraître. Combien d'heures magiques avions-nous égrenées ainsi tous les deux ? Oui, des heures magiques, très éloignées de la contrainte quasi généralisée pour bon nombre de ménages. Au fil des années, nous avions multiplié les jeux, les défis, les challenges ; incollables sur les goûts, les préférences, les envies de l'autre. Produits, lieux, décorations, chaleur des « hôtes », tout nous donnait l'occasion de nous étalonner, de confronter nos points de vue, nos points communs également. Ah, ce rayon des chips, notre rayon préféré depuis bien longtemps, un grand prix artistique à lui tout seul, et toujours plus au fil du temps, des chips à tout désormais. Oui, combien d'heures magiques nous avions écoulées. Cela ne rattrapait pas tout, loin s'en fallait, mais, dans l'océan des couleuvres, ces moments vécus de réelle complicité me rassuraient néanmoins un peu.

— Je parie que je vais trouver exactement le plat de tes rêves du soir.
— Pari tenu !


---


*T'es ma corne d'abondance*
*Mon Graal, ma renaissance*
*Sous tes doigts*
*Je suis Bouddha*
*(Archimède)*

# Chapitre 5

*Je chante pour ceux qui passent*
*Et qui passent et qui passent*
*Dans les grandes surfaces*
*Un jour refont surface*
*(Jean-Louis Aubert)*

— Décidément, que de privilèges au métier d'écrivain ! Tu peux faire tes courses comme un citoyen lambda, en toute tranquillité, te promener dans la rue sans être importuné, sans que personne ne se retourne sur ton passage. Musso, dans le métro, qui y prête attention ? Alors que si tu prends un autre Guillaume, Canet par exemple, je ne l'envie pas du tout. Tu pourrais même engager la conversation avec des personnes en train de te lire dans la rame, sans trop courir de risque d'être découvert. Tandis que le sportif, l'acteur, le chanteur... Heureux qui comme Musso voyage incognito !

Mais, en parlant de chanteur, ne serait-ce pas... mais si... Cris... mais c'est lui, mais c'est Cris Franck ! Cris Franck, une de mes plus grandes idoles de jeunesse ! Mon Dieu... réduit à chanter dans un centre commercial... quelle tristesse !

— Tu le connais, papa ?
— Si je le connais ? Mais qui ne connaît pas Cris Franck ?
— Moi. Trop jeune sans doute.
— Je ne t'ai jamais imposé ses morceaux en boucle dans la voiture ?
— Je ne m'en souviens pas en tout cas. Alors, il s'agit d'un chanteur connu ?
— Et comment, une vraie star durant mes années d'adolescent, il était adulé dans le monde entier.
— Aïe, il me paraît plutôt bien éloigné de ses sommets d'antan désormais... Tu l'aimais ?
— Aimer, tu es tellement en deçà de la réalité avec le mot aimer... Je dois te confesser que j'en étais un fan inconditionnel à l'époque.
— Tu veux l'écouter un moment, discuter avec lui ensuite ? Tu sais, je m'estime assez grande pour te concocter seule un

beau caddie, et avec uniquement des douceurs qui te comble-ront de joie, j'en suis persuadée.

— Mais, notre petit plaisir partagé ?

— À mon âge, la déception sera de bien courte durée, je te le promets. Allez, face à ce monstre sacré je comprends que je ne peux pas lutter, profite, ne t'inquiète pas pour moi.

— Merci ma grande.

À peine ces paroles prononcées, Elsa avait rejoint le flot des chariots à roulettes et de leurs conducteurs qui se déversaient à un rythme soutenu dans le magasin, sans le moindre regard en-vers Cris pour la quasi-majorité, ou plus que distrait pour les autres. Les quelques chalands à s'y intéresser un peu me don-naient l'impression de se moquer de lui. Seules quelques petites grand-mères s'étaient arrêtées.

En mode adulte, je me sentais gagné par un mélange d'amer-tume et de colère devant cette scène si malheureuse à mes yeux. En mode adolescent, je me retrouvais en admiration ab-solue devant Cris, comme hypnotisé, et surtout tellement inti-midé par mon étoile, identique en tous points au jeune homme que j'étais à l'époque.

Je me revoyais, minot, lorsque je guettais chacun de ses titres sur Radio Porcelaine. Radio Porcelaine, quel nom tout à la fois singulier et élégant pour une radio, il m'était revenu im-médiatement. Ah, cette belle et vivante époque des radios libres ! En plein mode nostalgique, je me revoyais aussi, allon-gé sur ma moquette, attendant les meilleurs tubes pour les en-registrer sur mon radiocassette marron métallisé flambant neuf que mes parents m'avaient offert pour mon anniversaire. Très vintage tout cela. Je pouvais certainement aspirer à nettement mieux en terme de moquette… rase et vert kaki de ma chambre… mais c'était la mienne, celle où j'avais passé tant d'heures, où je me sentais bien, et elle n'avait pas de prix. Quant au radiocassette… Quelle chaleur rien qu'à me replonger dans ces doux instants. Lorsque le morceau s'annonçait, je tentais de couper au plus juste les publicités, les jingles intempestifs, afin de le rendre à peu près « présentable ». J'obtenais ainsi des sortes de compilations improbables des succès de l'époque, dans l'ordre où ils étaient programmés sur les ondes, puis je « customisais » les pochettes avec des photos des vedettes en vue, découpées dans des magazines « pour ados ». Dernièrement, j'avais exhumé une de ces cassettes d'une vieille malle. Elle contenait un vrai son d'époque, et m'avait délivré un effet « poils dressés sur les bras » garanti. À force de patience devant ma station de montage improvisée, j'avais réussi à réunir chacun des hits de Cris que je me repassais à longueur de temps libres. Bientôt, ce serait sur mon rutilant walkman, de presque cinq cents grammes et… beaucoup de francs.

Les fameux magazines « pour ados » avaient une autre utilité. Ils se révélaient d'excellents pourvoyeurs de posters de nos stars, et de Cris en particulier. En version « customisation », mon papier peint ne dépareillait pas du tout de mes boîtiers décorés. Ainsi, avec toutes ces effigies de Mister Franck autour de moi, souvent, le soir, en m'endormant — après mon infusion quotidienne de bonnes lectures —, je m'imaginais assister à un de ses concerts, et je m'inventais une miraculeuse rencontre après le show, fruit du plus beau des hasards. C'était généralement le moment où le sommeil me rattrapait, après avoir égrené de longues minutes à chercher comment lui dire le moindre mot. Si sa tournée l'avait mené jusqu'à ma petite ville de province — celle où la porcelaine est reine — nul doute que mes parents se seraient fait une joie de m'y emmener. Mais, à l'époque, il écumait plutôt les capitales internationales, je n'avais jamais eu la chance de le voir en chair et en os. Alors, lorsque l'horaire me l'autorisait, je ne ratais pas une de ses apparitions à la télévision.

En progression dans ma séquence nostalgie, je ne me détachais plus, à présent, du jour où, après le précédent cadeau du baladeur, mes délicieux parents m'offrirent – plafond de grammes et de francs totalement pulvérisé par la grâce de leur bonté, et des gros efforts consentis sur leur porte-monnaie d'employés — un des premiers lecteurs CD. La conséquence merveilleuse et immédiate de cette nouvelle si belle marque d'affection avait été de me donner la possibilité d'acheter désormais l'intégralité des titres de Cris, ce dont je ne m'étais pas privé. Rapidement, mes rayonnages continrent tout le nécessaire, la parfaite panoplie du véritable fan. Outre les CD du compagnon de mes nuits, un petit souvenir inaltérable demeurerait en permanence avec moi, je conserverais en effet — comme beaucoup d'entre nous — toujours en mémoire de ces années bénies mon tout premier, celui de Suzanne Vega, Solitude Standing. Avec Cris, je n'étais jamais seul.

— Didier de Beauregard ?
— Pardon ?
— Didier de Beauregard ?
— Euh… oui… oui […]

Tout à mes pensées, je n'avais pas remarqué que Cris avait clos son récital. Il me faisait maintenant face, souriant, les yeux pétillants.

— […] tout à fait. Veuillez m'excuser, j'étais un peu ailleurs. Mais, si je peux me permettre… comment me connaissez-vous ?

J'en bafouillais, tout à la fois surpris, très ému, et extrêmement impressionné que j'étais.

— J'adore votre style, votre écriture, vos livres.

Rien ne m'était épargné, l'idole dans le rôle de l'adepte. Je pouvais me targuer d'être sous l'influence d'une rare bonne étoile...

— Vous m'avez lu ?

J'étais tel un petit garçon, mes répliques résonnaient comme celles d'un petit garçon, pas du tout à la hauteur de l'événement, de mon événement, de celui que j'avais attendu durant tant de soirées, pendant pas loin d'une demi-décennie. Quoi que si... exactement comme dans mes pires cauchemars.

— Bien sûr, tous vos romans, il ne m'en manque aucun.

Non, un cran en dessus en fait, l'idole dans le rôle du lecteur inconditionnel... L'arroseur parfaitement arrosé. Oui, pas de doute, une rare bonne étoile, avec un thème astral de la chance du genre « absolument béni des dieux ». Force était de constater qu'il n'était pas non plus franchement aidé le petit garçon...

Allez, petit garçon, aidé ou pas, jette-toi à l'eau, c'est le moment, n'attends pas plus, il va se lasser sinon.

— Je vous admire depuis l'adolescence.
— Comment ?

Avec une voix aussi inaudible que celle de l'enfant apeuré de la peau duquel je n'arrivais pas à m'extirper, mon compliment formulé assez abruptement était resté en dehors de son espace auditif. Je me voyais offrir une nouvelle chance, je me devais de la saisir et de m'affirmer enfin en adulte que j'étais. Briser la glace. Oui mais…

— Je me demandais comment vous aviez pu me reconnaître, l'image d'un écrivain n'est pas forcément de celles que l'on croise le plus.

Misère, je m'enfonce ! Il n'y a rien à ajouter, gâcher les beaux moments de sa vie est un art, et je confirme être un spécialiste en la matière.

— Vous avez participé à de nombreuses émissions je crois.

Si vous cherchez le bâton…

— Oui, je me suis un peu perdu.
— Mais non, quelle idée ? Vous étiez parfait dans ces émissions littéraires !

Heureusement, il paraissait ne pas avoir assisté aux autres.

— Je voulais […]
— Oui ?

Mais pourquoi est-ce aussi compliqué ?

— Je voulais m'excuser, je suis très intimidé. En fait, ce que je tenais à vous dire tout à l'heure, c'est que je suis très honoré par vos compliments, d'autant plus que je vous admire depuis mon adolescence. Vous êtes pour moi, j'espère que le terme ne vous vexera pas, une légende, et c'est un grand plaisir, ainsi qu'une chance immense, de pouvoir vous rencontrer aujourd'hui et échanger avec vous, compte tenu de ce que vous représentez pour moi.

Enfin, je m'étais lancé, et plutôt pas si mal, ce n'était pas si ardu finalement, je me sentais mieux.
Passé une phase d'étonnement, j'avais rapidement lu dans les yeux de Cris que je l'avais également touché.

— Nous sommes donc deux. Si je suis votre légende d'adolescence, vous êtes ma légende d'adulte.
— Légende, la formule me semble très forte à mon propos.
— Alors, je vais effectivement me vexer, si elle n'est réservée qu'aux vieux dinosaures de la chanson.

Ce disant, il m'avait tendu, avec un franc sourire, sa main que j'avais saisie. Après quelques interminables minutes de « à toi, à moi », la glace s'était rompue, un lien s'était établi.

— « *La palmeraie des silences* » est mon préféré. Si j'avais pu prévoir, je l'aurais apporté pour que vous me rédigiez un petit message personnalisé. Quel talent vous possédez pour entraîner vos lecteurs avec force dans vos histoires, dans votre univers, avec vos personnages ; nous ne désirons rien autant que de vous suivre, encore et encore, ne pas quitter le livre entamé, chaque page nous donnant l'irrésistible envie de lire la suivante. Et quel phrasé ! Vos mots, toujours le bon, à la fois le plus judicieux — qui nous pousse à en puiser tout le sens le plus profond, à nous en imprégner —, et le plus harmonieux.

Il avait renfilé son costume de « passionné de littérature ». Je devais reprendre le contrôle. L'histoire, justement, ne se déroulait pas du tout comme je l'avais escompté. Camper le héros de cette entrevue de fan — dans une ode à Beauregard — ne m'intéressait pas le moins du monde. C'était lui ma vedette, mon centre d'intérêt. Et, avant toute chose, mon intérêt présent était de découvrir comment une icône de cette envergure pouvait se retrouver à jouer dans un centre commercial.

— Merci pour vos paroles qui me vont droit au cœur. Mais, si nous parlions un peu de vous, une idole de jeunesse, vous vous devez de satisfaire le grand enfant qui vous fait face.
— Oh moi, vous savez, tellement a été dit, a été écrit me concernant, que voulez-vous que je puisse vous révéler de plus ?
— Si je peux à nouveau me permettre, je dois vous avouer avoir été très étonné de vous croiser ici. Et encore plus de l'accueil qui vous est réservé dans ce type de lieu. Un chanteur comme vous.

Je scrutais le visage de Cris, assez inquiet, comment allait-il prendre mon « abordage » un peu frontal ?

— Comment le jugez-vous cet accueil ?
— Un peu froid peut-être ?

Toujours les bons mots, vraiment ?

— Vous croyez ? Regardez la petite dame là-bas, qui nous observe depuis le début de notre échange, je lui ai signé un bel autographe, regardez son sourire, elle semble tellement heureuse… et pas prête de partir non plus. Même si je n'en touche qu'une comme elle, celle que j'aurais touchée n'a pas de prix.

Cris n'avait pas fui. Il n'avait pas contourné ma question, il acceptait de s'ouvrir, sujet dérangeant ou non.

— Vous souhaitez que je vous confie quelle est la flamme qui m'anime le plus ? Le sentiment unique, le plus fort de tous : la passion de chanter et de transmettre un maximum de bonheur à ceux qui m'écoutent. Et pour moi, il est préférable de chanter pour une petite grand-mère à qui je vais arracher ce beau sourire, des petites larmes, pour des mères de famille qui se trouvent dans la difficulté pour « faire bouillir la marmite », pour boucler les fins de mois, ces personnes qui, sinon, n'auraient pas la chance de m'entendre, plutôt que pour des milliers de fils et filles à papa qui peuvent s'offrir un concert par semaine.

Il était authentique, il était simple, il était humain, encore plus parfait que ce que j'avais pu espérer, idéaliser.

— Je vous ennuie […]
— Pas du tout !
— Je vous ennuie, car vous allez considérer que je vous — pardonnez-moi l'expression — « cherche » un peu, que je n'utilise que le prisme sombre, que je ne me focalise que sur des points qui pourraient être sensibles, alors que je suis un véritable fan et que je devrais vous le clamer. Mais, vous voir là m'a vraiment déstabilisé. Je comprends mieux et vous rejoins donc pour les personnes à qui vous donnez mais, excusez ma franchise, le lieu…
— Aucun problème avec votre franchise, bien au contraire ! Les discussions avec des fans « classiques » ont… disons… moins de corps, nous demeurons plutôt sur des déclarations d'intention, des généralités ; en grande partie à cause de la

fameuse intimidation que vous évoquiez, également beaucoup du fait de l'espace-temps limité, avec plusieurs demandes à assouvir, et puis, en toute honnêteté, souvent par l'absence de vrais points de vue à partager ou à confronter. Cela n'empêche nullement la magie de l'instant, ni pour l'artiste, ni pour son fan. Nous nous communiquons des ondes mutuelles de plaisir, pour des raisons certes différentes, et le moment reste ainsi unique pour l'un comme pour l'autre. Par contre, pour remonter à une conversation un peu pleine avec un fan, il faut probablement que je rebascule dans le siècle dernier. Ou après quelques verres de trop… et, dans ce cas-là, le lendemain, personne ne se souvient bien du contenu. Un échange qui a du corps, je ne peux qu'y souscrire !

Vous savez, pour en revenir au lieu, il n'est pas plus impersonnel qu'un Zénith ou un Bercy, je vous assure. Alors oui, je préfère les petites salles, les petits lieux plus intimistes, plus chaleureux, mais j'y joue aussi, régulièrement Je serais d'ailleurs ravi si vous m'honoriez de votre présence prochainement.

— Si vous me prenez par les sentiments…

— Une zone géographique en particulier ? Je ne vais qu'assez peu tourner en région parisienne dans les semaines à venir.

— Aucune, ce que vous me proposerez me conviendra tout à fait.


Libre comme l'air.


— Je joue pour des curistes au casino de Royat la semaine prochaine.

— Parfait, je suis votre homme.

— Non seulement vous m'entendrez dans une salle plus à votre goût, mais vous pourrez découvrir toutes les nouvelles compositions de mon répertoire, et nous pourrons poursuivre la soirée ensemble, disserter sur nos œuvres respectives, notre admiration croisée. Ne prévoyez pas un retour avant le lendemain, vous êtes mon invité.

— Avec grand plaisir.

J'avais passé un beau moment, et il en annonçait un plus beau encore, j'étais aux anges. Et bien lancé cette fois-ci. Un peu trop ?

— Vous n'avez jamais été tenté d'écrire sur votre carrière, sur votre vie ?

— Absolument pas. Pourquoi ? Serait-ce une proposition de livre d'entretiens ? Écrit par vous, ce type d'honneur pourrait ne pas me laisser insensible.

— Non, non. Ne le prenez pas mal, n'y voyez rien de personnel, mais j'ai décidé… disons… de lever un peu le pied sur l'écriture pendant quelque temps.

Un gros mensonge, ce n'était certes pas glorieux, mais je ne tenais vraiment pas à décevoir Cris, alors même que nous venions de réussir notre approche. J'aurai tout le loisir de lui révéler plus tard ma décision définitive.

— Je confirme donc, s'il s'agissait que j'écrive moi, que je n'en éprouve pas du tout le désir. Chanter me comble totalement. Partant de là, pourquoi envisagerais-je de m'aventurer à empiéter — qui plus est dans un art qui n'est pas le mien — sur le terrain de bons auteurs, dont la lecture me procure tant de joies ?

— Qui sait ?

— Pourquoi aurais-je envie de le savoir ?

— Parce que votre histoire est exaltante.

— Je ne suis pas écrivain.

— Nous en reparlerons.

— Si vous voulez. Peut-être que d'ici-là vous aurez repris votre envol.

J'avais plutôt une tout autre idée qui avait germé dans mon esprit, mais nous en reparlerions effectivement…

Nous nous sommes quittés chaleureusement, en nous promettant une belle prochaine rencontre. Je ne pouvais dire de quoi demain serait fait, comment évoluerait notre relation, ce que nous pourrions nous apporter ou pas mutuellement, mais j'avais un bon feeling.

— Alors, papa ?

Si, en recherchant très, très loin dans « l'improbable malle aux défauts pour personnes parfaites », ma délicieuse fille, qui s'avançait à présent vers moi, avait finalement un défaut : son horrible manière de porter son sac, à l'image de la majorité des jeunes femmes de sa génération, une manière si peu moderne pour une jeunesse connectée, comme un « cabas », comme ma grand-mère portait le sien. Mais, si elle ne devait corriger que ce seul et unique ridiculissime et minusculissime « défaut », tous les espoirs lui étaient permis.

Cet entretien avec Cris m'avait mis d'humeur radieuse et taquine.

— J'ai son numéro de portable.

— Non ?

— Eh bien oui, m'étant débarrassé du mien, il vaut mieux dans ce sens-là tu ne crois pas ?

— Pas faux. Toujours aussi fort ce papa.

— J'ai même obtenu un autre rendez-vous.

— Je ne te demande pas si ton entrevue t'a donné satisfaction alors ?

— Très douloureusement. Pour te la résumer à gros traits, c'est un peu comme si un des nombreux fans de notre Johnny national – fan, par ailleurs, meilleur ouvrier de France de son état –, l'avait rencontré à la fin de son show, et que Johnny lui avait déclaré sa flamme pour ses éclairs au chocolat, ses bouchées apéritives ou ses chapons farcis.


---


*Strong and beautiful*
*(Superbus)*

# Chapitre 6

*Ça commence comme un rêve d'enfant*
*On croit que c'est dimanche*
*Et que c'est le printemps*
*(Julien Clerc)*

Le charme des petites villes thermales me touchait depuis ma plus tendre enfance, sans que je n'aie jamais réellement pu ni exprimer, ni comprendre pourquoi. Mais celle-ci, précisément, m'émouvait tout particulièrement. Sur le moment, son évocation n'avait pas attiré mon attention, et mes souvenirs, pourtant bien vivaces, étaient bizarrement demeurés profondément enfouis. Lorsque Cris avait prononcé le nom de Royat, je me trouvais tellement captivé par MA rencontre, que j'aurais même été ravi à l'idée de découvrir l'improbable village « DuBoutDuMonde », s'il me l'avait proposé. Sauf que, ma star étant repartie vers d'autres occupations, la forte dimension sentimentale et affective m'était immédiatement revenue.

Royat, la ville où Albert, mon grand-père maternel, se rendait en cure tous les ans. Royat, dont je guettais assidûment les cartes postales, qui de la magnifique — et assez unique — église romane fortifiée, qui de ses élégants pavillons thermaux, ou bien de ses splendides hôtels particuliers ; qui de la vue sur le puy de Dôme — encore plus majestueux in situ, entouré d'une auréole de nuages — ; qui de vieilles photos de petits bougnats, qui des belles robes rouges des royales vaches salers. Royat, dont je guettais aussi très assidûment les récits de ma grand-mère ou de mon grand-père à propos de leurs parties de pétanque endiablées, des représentations folkloriques de la Bourrée des Volcans, des joutes cyclistes au pied du même puy de Dôme. Si bien que, sans jamais avoir foulé le pavé de sa rue nationale, ce lieu avait tout naturellement atteint, dans mon esprit, le piédestal de la cité idéalisée.

De l'imaginaire à la réalité, j'avais pris un plaisir incommensurable à flâner dans les rues de cette ville façon « Belle Époque », sur les traces de mes chers grands-parents et de certaines de leurs plus belles et amoureuses tranches de vie. Il me semblait que j'étais comme « connecté » avec eux, que j'avançais avec eux et que je ressentais la même ivresse qu'eux.

Quel bonheur et quelle richesse pour les yeux que ces grandes demeures aux façades blanches immaculées, avec leurs balcons ciselés, en fer forgé, ou leurs jolies colonnades, avec leurs longues fenêtres régulièrement encadrées de fines moulures ; demeures achevées, au bon vouloir des architectes, en « remarquables frontons ornés » ou en « terrasses magistrales avec coquets garde-corps ». Un peu plus loin, au fil d'une rue donnant l'impression d'un colimaçon — comme si l'on allait s'attaquer directement aux premiers lacets du géant éponyme du département —, les façades blanches cédaient la place à un hôtel particulier, couleur ocre, qui en imposait de par son fort décalage de ton, ou à cet ancien hôtel — devenu depuis résidence de luxe —, aux deux tourelles harmonieusement recouvertes de tuiles, ou encore, légèrement en contrebas, à un bâtiment pittoresque, décoré à base de dégradés de petites briques émaillées vertes et blanches, telles des mosaïques un peu mauresques ; et à tant d'autres immeubles de style.

Par cette douce fin d'après-midi, je m'étais ensuite laissé porter dans un des parcs de la ville, au milieu de très vénérables cèdres bleus, marronniers ou autres arbres centenaires, gagné par la beauté et la sérénité dégagées par ce havre de verdure, traversé avec grâce et tendre gazouillis par un sémillant torrent, du moins le pensais-je ; j'apprendrais en effet plus tard que la Tiretaine, née à la Font de l'Arbre — nom ô combien approprié dans le contexte — était la rivière qui traversait Clermont-Ferrand, avec la grande particularité de demeurer souvent cachée, souterraine. Et puis, de l'autre côté de la rue, dans un second parc se situant dans le prolongement, je n'avais pu qu'admirer les délicats pavillons thermaux et leurs superbes chapiteaux qui abritaient les fameuses sources si chères aux curistes.

Cette divine promenade m'avait mené devant le Casino, bel édifice en arc de cercle blanc, lui aussi équipé de moult péristyles, lieu où devait se produire mon idole.

Totalement séduit par l'environnement, il ne me restait plus désormais qu'à découvrir la prestation parfaite de mon icône, pour concrétiser tous mes motifs d'idéalisation. Mais je n'avais guère de doute concernant mon objectivité en la matière...

~~~

*Je joue pour les temps qui viennent*
*Et je joue pour les temps qui vont*
*(Louis Bertignac)*

~~~

Le récital de Cris m'avait littéralement transporté, ses nouvelles créations m'avaient conquis. Je les trouvais fines, justes. Je n'étais pas le seul. L'hommage du public dura de longues minutes. Même sans ses standards longuement réclamés, Cris avait réussi ce qui était selon moi un tour de force, celui de le retourner. Et peu m'importait la majorité de têtes grisonnantes, tant j'étais convaincu que ses nouveaux morceaux auraient également rencontré un écho auprès d'un public plus jeune, s'ils avaient été diffusés auprès de cette population.

Ainsi, avec un « vieux » chanteur, il était possible d'éprouver un sentiment de modernité. Jusque dans la tenue : tee-shirt cintré version « hollister », baggy, vans, sobre et de bon goût, sans tomber dans du jeunisme déplacé. Et il pouvait se permettre le « slim », car sur le plan de la masse graisseuse... Si différent de l'image qui — comparaison inévitable — m'était revenue d'un des derniers concerts auquel il m'avait été donné l'occasion d'assister, où le vrai vieux chanteur

— cette fois-ci — se débattait dans sa chemisette rose bien proprette, son jean avec des petits plis impeccables sur le devant, et surtout ses terribles pas chassés, ses mouvements d'épaules d'une autre époque, ses moulinets incessants, tantôt à gauche, tantôt à droite. Bref, une caricature de quelqu'un qui ne pouvait pas être et avoir été. Tout le contraire de cette soirée que je savourais d'autant plus, m'en représentant parfaitement bien toute sa juste valeur.

Je me tenais en retrait, sur le côté gauche de ce petit écrin rouge, à l'ambiance chaude et feutrée, qui s'était révélé une salle fort agréable à mes yeux. Je le laissais délivrer longuement son flot de bonheur supplémentaire à ses spectateurs. Comme quoi, finalement, il partageait bien avec ses admirateurs. Petit à petit, l'espace s'était vidé. Cris m'avait remarqué et avait émis un petit signe à mon attention afin que je le rejoigne, je m'étais approché.

— Vous […] Tu, c'est mieux que le « vous » non ?

Un petit peu rapide peut-être… mon idole de jeunesse… Mais il avait prononcé ces mots tellement naturellement, simplement. Et puis, dans le milieu du show-biz, les codes étaient probablement de ce type… En tout état de cause, si la proposition n'avait pas émané de lui, je n'aurais pour ma part jamais osé.

— Tout à fait.

En une fraction de seconde, j'avais opté pour cette expression des plus sobres, certainement plus consensuelle et attendue que « jamais le premier soir », le tenant d'une autre lignée de réponses — option plus « trait d'esprit » —, sur le berceau de laquelle j'aurais spontanément pu être enclin à me pencher.

— Tu m'accordes un petit quart d'heure, une douche express, une nouvelle tenue, et je t'amène dîner au Paradis ?
— Volontiers !

Le Paradis. Je ne pouvais pas avoir occulté ce monument au cours de ma journée. Depuis les nombreux points de vue où je m'étais arrêté, les regards étaient inexorablement amenés à converger vers ses contours. Solidement ancré sur un éperon rocheux, juste au-dessus d'une partie de la ville, cet édifice sophistiqué, aux allures de château médiéval en pierres de taille, était immanquable. Maison d'après-cure du Docteur Petit qui en avait ordonné l'aménagement au début du 20$^{ème}$ siècle — je n'avais pu m'empêcher d'aller me renseigner auprès de l'office du tourisme — je ne me doutais néanmoins pas que nous y poursuivrions la soirée, presque les derniers privilégiés à pouvoir bénéficier de ce restaurant, avant qu'il ne soit voué à devenir le réceptacle de futurs appartements.

~~~

*Tu as, mon sourire au bout des lèvres*
*Et mon regard dans tes rêves*
*(Michel Berger)*

~~~

— Alors, était-ce, selon toi, un vrai lieu, avec de vrais spectateurs ?
— Oui, véritablement. Tu ne m'avais pas menti. Ce théâtre est tout à la fois un petit bijou et un bien joli cocon, cadre idéal qui a accueilli à la perfection tous tes afficionados, enchantés

de leur moment en ta compagnie. Très honnêtement, je préfère très largement aux galeries marchandes.

— Toi. Mais la petite dame que nous avions découverte dans cette galerie marchande ? Ne l'oublie jamais. Enfin moi, avec l'âge et mes nombreuses années de carrière, je ne souhaite jamais l'oublier désormais. Et ce concert, tu as apprécié ?

— Oui, j'ai adoré. Merci ! Et merci également pour cet endroit unique qui porte si parfaitement son nom.

— C'est bien peu de chose. Et sinon, ton avis sur mes nouveaux titres ?

— Superbes. Merveilleusement ciselés, un régal.

— Tu sais que tu me fais un vrai plaisir, là.

— Mais vous aussi vous m'avez fait plaisir. Pardon, ce n'est pas évident pour moi. Tu, tu m'as fait plaisir.

— Merci à toi.


— Par contre […]

— Par contre ?

— Mon côté anti-langue de bois, je peux oser ?

— Tout à fait, ose, j'aime quand tu oses.

— Tu n'as pas peur de peut-être « frustrer » une partie de ton public qui attend tes succès et ne les entend jamais arriver, même si les autres sont sans conteste excellents ?

— C'est un parti pris artistique. Est-ce que, à toi, ils t'ont manqué ?

— Non, mais […]

— Donc, parti pris réussi non ? En outre, je ne leur mens pas, ils sont informés lorsqu'ils achètent leurs places. Nous avons volontairement inscrit « nouveau récital » en gros caractères sur l'affiche, affiche qui reprend le visuel du dernier album. Sans compter que les vrais connaisseurs repèrent quelques reprises réarrangées, certes pas mes plus gros succès, mais qui sont en cohérence avec le reste du spectacle. Et puis, dorénavant, moi les plats surgelés... je m'y suis contraint durant une période, mais c'est terminé. Pour le prix, il est nettement préférable de proposer de nouvelles créations, tu ne crois pas ? Quand tu te rends au cinéma, c'est pour visionner un nouveau film, pas ou très rarement pour celui que tu as déjà vu. Pourquoi devrait-il en être différemment au niveau musical ?

Alors, est-ce que je t'ai convaincu ? Est-ce que je t'ai délivré suffisamment d'arguments, et des bons ?
— Moi, quelle importance, le plus important c'est ton public et, de ce que j'ai pu constater, ils étaient effectivement embarqués et emballés. Mais il s'agit tout de même d'une réelle performance que tu réalises là, c'est courageux, risqué.
— Quel risque ? Tu te rappelles ? Je t'ai expliqué que la flamme qui m'animait le plus était la joie de chanter, que si je tirais un vrai beau sourire, même à un seul spectateur, j'aurais gagné. Et si je me fie à ton retour... Je chante, je suis heureux. Tu comprends ?
— Il me semble [...]

La liberté selon Cris. Admirable. Lui l'avait atteinte.

— Puis-je te demander une faveur ?
— Bien sûr.
— Tu ne m'en voudras pas ?
— Pourquoi diable devrais-je t'en vouloir ?
— Parce que cela fait un peu [...]
— Cela fait un peu quoi ?
— Peut-être un brin, comment dire... « petit garçon » ? Mais, depuis le temps, je n'ai pas pu m'empêcher... J'ai emmené avec moi mon album préféré et, même s'il héberge beaucoup de vieux succès, est-ce que tu accepterais de me personnaliser la pochette avec un petit texte de ta main ?

— Je t'avais prévu une surprise qui devrait te convenir tout autant, avec mes premiers hits en prime, aucun souci !

Je n'en croyais pas mes yeux, je rêvais éveillé. Devant moi, Cris s'était levé et me tendait son premier disque de platine dédicacé.

— Je ne peux pas
— Évidemment que tu peux. Je suis ravi de te l'offrir. Juste désolé qu'il ne contienne pas mes nouveaux titres. Je crains de ne pouvoir jamais t'en offrir un avec eux.
— Mais Cris, ton premier disque de platine […]
— Ma maison en est remplie. Tu prends et tu ne me vexes pas, fin de la discussion.
— Un immense merci alors.

Une soirée parfaite, largement au-delà de toutes mes plus belles chimères et utopies réunies. Nous nous étions trouvés, un lien unique me paraissait nous relier. Il m'était à cette minute impossible de déterminer lequel, pas un lien du sang, pas un lien d'amour, était-ce le lien d'une future fraternité, d'une amitié fulgurante, je ne pouvais le définir. Durerait-il, résisterait-il à l'épreuve du temps, je n'étais pas plus en mesure de l'affirmer, mais ce lien, à ce moment précis, était bel et bien d'une grande puissance.

Oui, quelle soirée parfaite ! Cette compagnie, ce divin présent, ces copieuses assiettes de spécialités locales, dans ce lieu fantastique, devant l'éblouissant spectacle du serpentin lumineux de la vallée de Clermont-Ferrand et de ses alentours.

— D'ailleurs, à mon tour, puis-je te demander un petit quelque chose ?

— Une dédicace de « *La palmeraie des silences* » je suppose.

— Exactement.

— Tiens, chez nous le platine n'a pas cours, mais j'avais
préparé pour toi mon manuscrit original relié, avec un mot à
ton attention. Et lui, c'est sûr, il ne me manquera pas.

— Je te retourne le « merci immense ».

— Tout le plaisir est pour moi.

Il ne manquerait pas à Elsa non plus, j'en avais la certitude.
Ma fille n'était ni tendance « conservatrice », ni dans la mou-
vance nostalgique, et encore moins du style « vieux papiers ».
Elsa, elle était l'instant présent. Son souhait le plus cher me
concernant ? Me savoir heureux dans ma vie de tous les jours,
surtout pas bénir mes reliques.

Finalement, le tutoiement, à côté de ces objets tellement personnels, tellement intimes, il ne dépareillait pas du tout. Était-
ce effectivement trop rapide, le coup de foudre existait-il en
amitié ? Après tout, nous avions beaucoup de « vécu virtuel »
en commun, l'un et l'autre, chacun de notre côté, via nos
œuvres respectives. Et puis l'amitié, si tout un chacun y réflé-
chit, fouille dans ses propres souvenirs, elle rime souvent avec
fragilité non ? Époux ou épouse plus ou moins « compatible »,
effet temps, chemins empruntés différents, méthode pour les
emprunter aussi, incompréhensions, rendez-vous ratés, sentiments de trahison… les causes ne font jamais défaut. Alors,
pourquoi refuser de se lancer ? L'avenir nous dirait.

En définitive, je me rendais d'ailleurs compte que j'avais
maintenant, très étrangement, et totalement à contretemps de
mes idées initiales, hâte d'aller vite, d'entrer un peu plus dans le
« vif du sujet », dans le « réel » de cette intimité. Nous avions

évoqué le symbole de cette ville vis-à-vis de mes grands-parents, la beauté des lieux, les plats auvergnats, mais nous ne nous étions pas trop découverts. Doucement, lentement, timidement.

Nous en étions à disserter et à rechercher le nom de ce magnifique gâteau qui nous avait été servi, en forme de puy de Dôme, avec son aspect meringué, saupoudré d'amandes effilées et généreusement garni de fruits confits. J'étais « tombé à côté » avec ma polka qui nous avait tant amusés, Cris mimant de s'offusquer que je me moque de son univers musical que j'aurais jugé désuet, alors que je n'avais en fait en tête qu'un gâteau à la crème de couleur jaune, manifestement limité au territoire de ma seule région d'origine, ni lui, ni le serveur ne le connaissant. Ce dernier était cependant venu à notre rescousse, en nous soufflant le nom de la délicieuse polonaise que nous dégustions

— Tu étais sérieux lorsque tu m'as confié avoir besoin de lever le pied quelque temps sur l'écriture ?

Enfin, nous y entrions dans l'intimité ! Et d'une manière qui tout à la fois me surprenait et me ravissait, Cris n'ayant pas perdu une miette de notre première conversation. Comment, désormais, résoudre le choix cornélien qui s'offrait à moi ? Ne pas décevoir Cris sur ses futures lectures de son auteur préféré ? Ou en profiter pour s'enfoncer dans ce que je venais d'exprimer de mes vœux : la vraie découverte, la vraie intimité ? Sans le moindre doute, le camp de l'honnêteté s'était immédiatement imposé à moi, comme une évidence. Il s'agissait bien de ce que j'attendais, de ce que je souhaitais au plus profond de moi, la vérité de l'intimité. Alors, même si j'appréhendais, je plongeais.

*Mais on n'fait pas les Amériques*
*En écrivant ce genre de choses*
*Fallait choisir la chose publique*
*Y'a peu de public à la prose*
*(Boulevard des airs)*

J'expliquais ainsi à Cris que, si lui éprouvait beaucoup de plaisir à chanter, et toujours plus, pour ma part, même s'il pouvait le trouver assez incompréhensible, je n'en éprouvais plus à écrire des livres pour écrire des livres. Je lui narrais la dernière entrevue avec mon éditeur, notre forte divergence de philosophie, que je me sentais parvenu au bout d'un cycle, que j'avais livré tout ce que j'avais de positif à partager. À un livre par an, même passionné, la fin de la route pouvait survenir, ne plus ressentir le feu ne signifiait absolument pas ne plus aimer écrire, mais autrement. Et le monde de l'édition, dans le cadre de ses orientations actuelles, ne m'attirait plus. Quand lui composait encore pour le plaisir, sans se presser, lorsque l'inspiration naissait.

— Je ne veux surtout pas minimiser la complexité de créer des chansons, et des bonnes en plus, mais deux cents, trois cents pages par an pour un livre, contre dix chansons d'une trentaine de lignes périodiquement...

— Nous en imaginons et façonnons bien plus de dix pour un album !

— Oui, je plaisantais, je cherchais juste une image à titre de comparaison.

— Je me doute. Et je reconnais, maintenant que tu me le dis, que je n'avais pas forcément réfléchi au milieu du livre sous cet angle.

[…]

— C'est tout de même très paradoxal... les vieux chanteurs, on les « jette », notamment de leur label, enfin une majorité, alors que — très schématiquement et si j'ai bien tout saisi —, les vieux auteurs — pardonne-moi, c'est une figure, l'âge canonique ne te guette pas — on semble les obliger à poursuivre encore et toujours, parfois coûte que coûte. Lorsque pour les chanteurs, tout du moins si je prends mon cas personnel, mes meilleurs titres je les sors maintenant, avec la maturité, l'expérience, quand mes premiers succès m'apparaissent tellement moins aboutis.

Si je me penche sur le cas de quelques confrères, le mot de — je mesure mes termes — « soupe » ne serait pas nécessairement disproportionné au sujet de quelques-uns de leurs hits de début de carrière. Quand bien même, ceux qui durent, certains Français à texte, Cabrel par exemple, et si j'admets que ses premiers morceaux étaient très beaux et très profonds — l'exception qui contredit la règle — il en a confectionné d'autres superbes depuis. Que retiendra la mémoire collective de lui ? Pas les nouveaux. Et, si je t'ai correctement suivi, tu aurais tendance à considérer que l'écrivain « star » serait fatalement conduit, tôt ou tard, à produire, au fil des ans, un peu plus de « soupe », pour reprendre mon expression.

— Exactement ! Tu as tout à fait compris. Plus le public en demande et plus les maisons d'édition aussi, alors que les véritables « joyaux », s'il en existe, ils se trouvent plutôt dans les premiers manuscrits, chez ton premier grand éditeur. Enfin, me concernant, c'est complètement le cas.

Écrivain confirmé — plus élégant que vieux, je ne doute pas que tu y souscrives pleinement — ne cherche qu'à arrêter, lorsque chanteur dans la force de l'âge n'aspire qu'à continuer. Mais leurs deux destins sont contrariés par des éléments d'environnement qui cultivent le mauvais contre-pied à l'envi. Somme toute assez injuste non ?

[...]

— Et si nous échangions ?

— Ah, nous y voilà, je vois désormais clair dans ton petit jeu et où tu souhaitais me mener avec tes interrogations sur mon désir de me lancer dans mes mémoires !

Cris était souriant, très satisfait de son trait d'humour. À l'image d'Elsa, il ne m'avait pas ennuyé avec des questions, des commentaires, des remarques sur une possible reprise de carrière. Tellement plaisant. Il faut dire que l'inspiration, il connaissait largement lui aussi. Les moments de manque, ceux de frénésie ; les périodes où rien ne transpire, même quand vous vous isolez, que vous ressemblez parfois à un ours pour votre entourage ; ceux, a contrario, où vous notez sur tout ce qui vous passe sous la main ; la panne, les bonnes ondes.

— Donc, tu tiens à ce point à inverser les rôles ?

— Non, surtout pas inverser, je chante si faux !

— Me voici rassuré.

— Mais que toi tu écrives…

— Tu y reviens ?

— Peut-être.

— Je croyais m'être déjà exprimé à ce sujet. Qu'est-ce qui motive une telle suite dans tes idées ?

— Juste une pensée un peu folle l'autre jour… Tu sais que mon éditeur me suggérait un nègre ? Un nègre, tu réalises ? A Ghost Writer. Qui, mais qui peut accepter ce type de travail, même pour de « l'alimentaire » ? Qui, mais qui peut accepter les honneurs pour les autres, toujours, et l'ombre pour soi, éternellement ? Imagine l'enfant, à l'école primaire, à qui l'on volerait sa bonne note... Et le nègre qui est en permanence le bon élève, à qui l'on confisque systématiquement toutes ses bonnes notes !

— Certains n'aiment pas la lumière, elle n'est pas faite pour eux.

— Tu en fréquentes beaucoup, toi ? Moi, dans le monde de l'édition, je t'avoue en avoir assez peu rencontré, y compris chez ces « fameux » Ghost Writer — je ne cours pas trop après les anglicismes habituellement, mais en la matière, je préfère —, nous nous trouvons plutôt dans la « fabrique des ego ». Et chez toi, dans ton milieu, tu peux m'en citer beaucoup qui n'apprécient pas de chanter pour leur public, qui inclinent plus à demeurer derrière leurs partitions ?

— Oui, effectivement, chez nous également le « tout à l'ego » est bien répandu, mais il existe aussi des timides, des introvertis, des « à fleur de peau ». Et si tu prends les doubleurs, dans le milieu du cinéma, ils vivent de la même manière, dans « l'ombre de », sans qu'ils en soient perturbés, du moins je crois.

— Tu as perdu de vue, il me semble, que le doubleur, il ne « crée pas pour », il est « la voix de ». Il ne compose pas une œuvre, il en part et la rend intelligible à tous, on ne la lui vole pas, il n'en est pas dépossédé. Et quelques-uns, parfois, peuvent être connus lorsqu'ils sont la voix d'immenses célébrités.

— Soit, mes chances de te détourner de ta vérité étant clairement nulles, je me range à tes arguments. Mais tu ne m'as toujours pas éclairé sur ce qui aurait pu faire évoluer les miens.

— Ta vie est si riche. Tu pourrais commencer par l'écrire et...

— Tu es conscient que tu me sers du « déjà entendu » là ?

— Et... nous pourrions la sortir sous mon nom.

— Je ne te suis plus. Tu viens de me démontrer par « A plus B » — selon l'expression chère à Voltaire n'est-ce pas, et non à je ne sais quel mathématicien — combien tu tiens en horreur cette pratique des Ghost Writer et, dans la foulée, tu me proposes, en quelque sorte, de devenir ton nègre officiel ???

— Bravo pour Voltaire ! Pour le reste, tu n'y es pas du tout, bien sûr que non, hors de question pour moi de basculer dans ce type de procédé. Laisse-moi t'expliquer jusqu'au bout.

— Je t'écoute.

— Il me plairait énormément de donner une bonne leçon à mon éditeur. Lorsque le livre est achevé, je reprends contact avec lui, je lui raconte qu'après une longue période j'ai finalement mûrement réfléchi, que je m'y suis remis, et je lui communique ta composition. Sauf que, lors de la conférence de presse, nous révélons que c'est toi qui as écrit cet ouvrage. Pour toi la gloire, même si tu ne la cherches plus, mais par-dessus tout une tribune, un nouveau coup de projecteur sur tes derniers titres, pour lui un peu de ridicule, pour moi deux joies.

— Ton éditeur va immédiatement s'apercevoir de la supercherie.

— Tu oublies que je suis une marque, Cris. Sans vanité aucune de ma part, ce n'est que le regard des autres que je te retranscris là. Sous mon nom, quoi que tu écrives, tu l'emballeras, il te suivra.

— Sympathique.

— Ne te focalise pas sur le « quoi que », je n'ai absolument pas de doute sur la qualité de ton contenu. Ce dont je veux te convaincre, c'est que, écrit par moi ou non, il verra mon nom, il aura atteint son but, pour lui ce sera tout simplement « Génial ! », quoiqu'il advienne. Surtout après toutes les craintes et les incertitudes qui l'auront parcouru. Il ne le lira pas avec son œil le plus critique, il tiendra le dernier de Beauregard, qui plus est sur un sujet vendeur —désolé — il en sera amplement satisfait, il n'aura aucune raison de pousser plus loin sa lecture.

— Malheureusement, comme je te l'ai dit, je n'ai pas envie d'écrire, encore moins sur ma vie. « Cris, son extraordinaire épopée, son œuvre incommensurable », très peu pour moi, merci. Une biographie de plus, très franchement non, je juge le genre pathétique. Riche de quoi ? Que possède-t-elle de plus que la tienne ? Que peut-elle avoir de si intéressant ? Tu m'admires, mais je ne suis qu'un homme, avec tant de faiblesses et de défauts. Et puis je ne suis pas doté du talent nécessaire pour écrire un livre.

— Tes textes prouvent, au contraire, largement l'inverse. L'envie, elle, peut venir. Et si ta vie n'est pas riche, alors là... Pour ma part je ne suis qu'un minuscule admirateur parmi des millions.

— Tu l'as toi-même fort justement souligné, mes textes ne comptent que quelques lignes. De là à structurer des centaines de pages, à mener à son terme un long récit, à le rendre cohérent sur la durée, le fossé est important.

— Si tu n'essaies pas, tu ne mesureras jamais la vraie hauteur de ce fossé que tu te construis artificiellement. Sachant également que je suis là pour t'aider Cris.

— Je n'en doute pas, mais franchement, l'expérience ne m'attire pas.

— Pas de souci. Tu peux y réfléchir aussi. Rien ne presse. Au cas où, n'hésite pas à revenir vers moi.

— Le cas échéant, je n'y manquerais pas, mais tu as bien compris...

— Oui, parfaitement, aucun problème.

Nous avions partagé ensemble des heures exquises. Certes, nous n'avions que très peu défloré sa propre intimité, mais nous étions amenés à nous revoir, nous allions y parvenir.

En quittant ce lieu empli de souvenirs incrustés au plus profond de moi, je me posais la question de m'y arrêter pour une halte, un des privilèges de ma liberté totale. Mais, comme pour d'autres havres de paix plus tard, je décidai finalement de poursuivre ma route, préférant le laisser exclusivement à la belle histoire de mes grands-parents.

---

*Chanter encore et toujours [...]*
*Je ne sais faire que chanter*
*(Florent Pagny)*

# Chapitre 7

*C'est une maison bleue*
*Adossée à la colline*
*On y vient à pied, on ne frappe pas*
*Ceux qui vivent là, ont jeté la clé*
*(Maxime Le Forestier)*

Notre troisième rencontre se déroula chez Cris. C'était l'option la plus naturelle, n'ayant plus de véritable « chez moi ».

Isolée en haut d'une verte colline, avec un point de vue unique sur les courbes d'un large et paisible cours d'eau, encaissé au fond d'une douce vallée — un peu comme la vision que le visiteur peut découvrir depuis le belvédère de Domme, les voisins en moins —, l'immense demeure de Cris ne pouvait que retenir l'attention. Sa composition en cubes de béton ingénieusement entremêlés, pour un rendu très harmonieux à l'extérieur — assez rare avec ce type de matériaux —, trouvait son parfait pendant dans un vaste intérieur à la puissante luminosité, avec ses gigantesques baies vitrées et un carrelage blanc des plus rayonnants ; intérieur épuré mais très chaleureux, meublé de manière moderne avec un réel bon goût, les grands canapés et fauteuils designs vous invitant littéralement à venir vous y lover. Un nid douillet que l'heureux habitant des lieux ne devait pas rêver de quitter, tant il devait s'en délecter.

Nous aurions certainement pu nous engager dans une très plaisante colocation — avec les lits King Size à profusion, nous ne nous serions pas beaucoup « marché dessus » —, mais cette « mode » n'était pas de notre génération, et cohabiter avec Cris n'était de toute façon pas ce que je recherchais.

— Didier, sois le bienvenu chez moi !
— Merci Cris. Mon sixième sens me souffle que je devrais effectivement m'y sentir très à mon aise.

Une belle accolade pour ponctuer cette entrée en matière pleine de bonheur de se retrouver, et nous étions lancés à bâtons rompus, sans round d'observation, selon l'expression usitée dans le milieu sportif.

— Tu vis seul dans cette merveilleuse maison ?

— Oui, malheureusement.

— Pas une délicieuse compagne à me présenter ?

— Non, et bien heureusement.

— Plutôt quelques conquêtes pour des séjours qui pourraient parfois se révéler « longue durée » ?

— Le mythe. Il a existé, c'est vrai. Mais non, au risque de te décevoir, j'ai rompu avec le mythe. Cette époque-là est révolue depuis plusieurs années, tu sais.

— Tu dois tout de même y organiser de grandes fêtes mémorables avec de nombreux d'amis ?

— Je ne partage plus grand-chose, depuis bien longtemps, avec la majorité d'entre eux. Il en subsiste donc très peu autour de moi.

— Peut-être une vieille mère, une tante d'un âge avancé, un père encore fringuant et guilleret ?

— Pas plus.

— Même pas un animal de compagnie ?

— Alors là, Brigitte Bardot et moi... le concept des meilleurs amis de l'homme, je n'ai jamais pu adhérer.

— Tu m'intrigues. Tu parais déplorer la solitude, mais ni femme, ni ami, ni compagnon à quatre pattes ne semble te faire défaut. Qui pourrait combler ce vide ?

— Des enfants.

— Des enfants ?

— Tout à fait, des enfants. De la vie, de la joie, de la lumière. Protéger, s'attendrir ; s'inquiéter, se réjouir ; et surtout transmettre, oui transmettre. Des enfants, tu considères cela si incroyable dans ma bouche ?

— Non, pas incroyable, touchant. Mais pourtant, avec ton charme, ton charisme et ta carrière, les choix pour une maman n'ont pas dû manquer ?

Difficile d'envisager une entame plus intime. J'avais tant rêvé à de l'intime, aujourd'hui, en l'espace de même pas quelques minutes, j'en récoltais au-delà des mes espérances.

— Probablement. Mais ce n'était jamais le bon moment, la bonne maman, le bon « mutuellement ». En fait, un peu la conjonction de tous ces éléments réunis je crois. Une conjonction, en astronomie, c'est bien la situation de deux astres ayant une même longitude géocentrique ? Nous n'étions jamais sur la même longitude géocentrique. J'ai réfléchi longtemps à de nombreuses causes possibles. Au final, c'était beaucoup plus simple que toutes mes hypothèses, juste une histoire de longitude. Et puis, plus profondément, je ne désirais sans doute pas imposer une vie de saltimbanque à mon fils ou à ma fille. Il ne faut pas oublier que j'ai déroulé le plus clair de mon existence dans des chambres d'hôtel et sur la route. Impossible que des enfants te suivent au quotidien. Quelle vie tu peux leur donner, leur construire dans ces conditions ? Quelle éducation, quelle notion de la famille ? Quel cadre, quels repères ? Lorsque j'observe certains de mes condisciples, ceci atténue assurément ma déception. Tu imagines, ils auraient dû supporter « fils de » ou « fille de ». Sans compter que les heures passées dans la cour de récréation doivent parfois se révéler assez violentes. Adulte, ce n'est déjà pas toujours confortable avec ta célébrité, alors quand tu es la descendance de la célébrité…
Tu as des enfants ?

Miroir, mon beau miroir, pourquoi est-ce que je nous ressens à ce point semblables, emporté, à cette seconde, par les flots d'une évidence inexpliquée et incontrôlable qui bouscule totalement toutes mes certitudes ?

— Oui, une fille, Elsa. Et je partage pleinement ta vision des choses, encore plus car j'ai fait partie de ces artistes égoïstes à tes yeux, et que je me demande régulièrement comment elle a pu se forger avec un père si souvent absent.

— Et elle s'est forgée ?

— Oui. Et même très bien. Elle est ophtalmologiste, très équilibrée, un petit miracle.

— Comme j'aime ce papa avec cette fierté dans les yeux ! Bravo ! Tu vois, c'est ce petit miracle que je regrette autant désormais. Enfin, le passé ne pouvant se rejouer… Quant à l'avenir, à mon âge, je préfère être réaliste, tu ne décides pas d'un enfant pour toi, c'est lui l'essentiel, donc un vieux père… Et toi, tu as une femme ?

L'envie d'intime était commune et intense, les sujets d'adhérence, petits ou grands, multiples. Nous nous trouvions très agréablement installés dans ces chaleureux canapés, propices à la confidence, baignés par les généreux et vigoureux rayons du soleil. Et ce que nous souhaitions par-dessus tout à cet instant, au-delà de toutes les recettes qu'il avait pu m'être donné d'entendre dans le milieu de l'édition sur l'art et l'importance des descriptions, c'était dialoguer, dialoguer, dialoguer. À l'infini.

Alors, paroles de fan à fan et de star à star.

~~~

*Parle-moi, parle-moi de toi*
*Qu'est-ce que tu veux, qui tu es*
*Où tu vas*
*(Jean-Louis Aubert)*

~~~

— Oui. Ou plutôt non. Elle est partie. Je l'ai épuisée, à défaut de l'avoir « épousée ». Pour ma part, contrairement à toi, je le déplore vraiment. J'ai connu Sylvia avant la célébrité, nous avons partagé de très belles années ensemble, très amoureux, puis, je me suis un peu trop laissé griser par ce qui m'arrivait, je me suis dispersé, et, lentement mais inexorablement, elle s'est peu à peu détachée de moi.

— Tu n'as pas tenté de la retenir, de la ramener à toi, de la reconquérir ?

— Si, mais il était trop tard, je n'avais pas profité des fréquentes occasions de me rattraper qu'elle m'avait offertes. Elle n'avait pourtant pas ménagé sa peine. Mais, pris dans une course sans fin, aveuglé, hors de la réalité de ma vie, de mes proches, je ne les avais pas remarquées. Et, désormais, elle tourne autour du monde avec un apprenti marin. Quel dommage. Enfin…

— Vois-le positivement. Imagine combien j'aurais pu devenir jaloux en te découvrant ayant tout réussi. Là, au moins, avec cette relative « faiblesse », nous poursuivons quasi à égalité. Et, pour continuer sur cette bonne et saine voie, j'aimerais te demander un service.

— Bien naturellement, si j'ai la possibilité de te le rendre. Quel est ce service ?

— Celui de ranger ce Cris aux oubliettes, et d'utiliser Christophe.

— Christophe ?

— Oui, je suppose qu'après tout ce temps passé à me suivre, Christophe Verdaleix ne doit pas t'être totalement inconnu. Christophe, mon vrai prénom.

— Je devrais y parvenir sans difficulté aucune. Tu me demandes ce genre de services aussi souvent qu'il te plaira Christophe, c'est un bonheur de te les rendre.

État civil dévoilé, nom de scène remisé, se comporterait-il de manière identique avec de faux amis ? Pourquoi étais-je donc si souriant ?

— Alors, Christophe, et toi, peux-tu m'expliquer ce que signifiait ce « et bien heureusement » ?

— Que je suis libre, qu'hormis l'absence d'enfant, pour le reste, je savoure réellement ce pouvoir d'organiser autant de tête-à-tête avec moi-même que je le désire, ou de ne pas me forcer à vivre au quotidien avec quelqu'un qui ne me correspondrait pas complètement.

Comme tu t'en doutes, et le suggérais, je n'ai pas trop manqué de femmes durant toutes ces années. Le succès s'est présenté rapidement, j'étais jeune, tout s'est enchaîné très vite : des concerts dans le monde entier, des tapis rouges partout, la cour de tous, qu'il s'agisse des médias, des people, des politiques ou autre. Et puis, les « yeux de biche » des actrices célèbres, des chanteuses stars, quelle que soit leur nationalité, difficile d'y résister. En cherchant bien, je ne trouve pas véritablement de raison qui aurait pu me pousser à y résister non plus. Moi, je n'étais en couple avec personne. Alors oui, j'ai croisé la route de très nombreuses femmes, des très belles, d'autres très tendres, des très sexuelles, d'autres pleines d'esprit, majoritairement des journalistes concernant cette dernière catégorie. Si j'osais une comparaison des plus hasardeuses avec ton marin, certains, à ma place, ne se gêneraient pas pour affirmer que j'avais des petites amies presque dans tous les ports. J'ai bien voyagé, je l'avoue, j'ai découvert beaucoup de continents, de peaux, de parfums, de chaleurs, de pratiques. J'ai été largement comblé.

Peut-être pourrais-je, demain, à nouveau rencontrer une femme de tête, avec qui je serais ravi de préparer mes vieux jours, mais elle ne m'est pas apparue ces dernières années. Et, finalement, cela me convient parfaitement. Sans doute, si, comme toi, j'avais un long vécu et des attaches fortes avec quelqu'un, mon raisonnement serait-il différent. Mais, compte tenu de mon périple de vie, de mon parcours, l'absence de compagne ne me hante pas du tout.

Continue Christophe, continue. J'enregistre... pour ton livre... Non, je plaisante.

— Elle ne me hanterait pas non plus, je crois, après ces expériences dans des bras si désirables et variés. C'est très paradoxal, je le reconnais, alors que je semble m'apitoyer sur mon « unique », j'aurais certainement bien aimé.
— Ah, nous les hommes... Non, plus sérieusement, la situation aurait effectivement pu se révéler bien plus désagréable. Rajoute que j'avais toutes les cartes en main, et même plus : les plus grands restaurants, les plus beaux palaces, les plus longues chandelles. Tu te prends un peu pour le « Roi du Monde ».

~~~

*Parle-moi, parle-moi de toi*
*Parle-moi de tes doutes de tes choix*
*(Jean-Louis Aubert)*

~~~

— Eh oui, mon « Roi du Monde » d'adolescent… souvenirs, souvenirs...
Mais, comment peut-on basculer de « Roi du Monde » à un rang de « chanteur plus confidentiel », comment cette carrière dont tu viens très rapidement de me narrer le début à travers tes sollicitations, cette carrière mondiale que j'ai tant admirée, comment a-t-elle pu se fissurer de cette manière, au sommet de ta gloire ? Oui, mince, comment !?

— Du jour au lendemain. Tu descends aussi vite que tu es monté. Une petite divergence de point de vue avec mon producteur, sur un sujet bien anodin, et il décide alors d'annuler une tournée internationale programmée depuis de longs mois, et largement pré-vendue. Dans la foulée, il refuse de me signer mon nouveau disque car nous n'étions pas en phase sur la thématique musicale. Avec ma fierté, mon honneur bien développés, que dis-je, surdimensionnés, je n'ai pas admis. J'ai choisi de m'autoproduire pour lui montrer. Un peu comme toi avec ton éditeur. Mais ce disque n'a pas fonctionné. Les radios l'avaient certes bien évité. Sur consigne ? Rien n'est impossible, mais je n'étais pas non plus forcément en accord avec les attentes du public. Seul, sans les radios, les fans — enfin, pas les vrais fidèles, mais tous les autres —... Bref, un échec. Puis le suivant, à nouveau autoproduit, avec lequel j'ai connu un vrai « flop », et voilà comment la « légende » de Cris a bien périclité. Par l'unique volonté d'un producteur qui régit la pluie et le beau temps, et par de mauvais choix artistiques, ou plutôt pas les meilleurs pour la période.

— Quelle calamité que ce pouvoir qu'ont tous ces hommes et ces femmes qui ne se préoccupent pas de l'humain, et quelle calamité que leur unique volonté… Et l'humain justement… Je me suis souvent demandé, face au devenir de certaines stars qui avaient pu me toucher, ce que ressent un artiste quand il entre dans cette forme de « désert » subi, après avoir été autant entouré, cette impression de vide qui pourrait succéder à ce tourbillon en apparence toujours plus rempli. La déflagration doit être encore plus importante, totalement décuplée ? Ce type de descente, après toutes ces années au plus haut de l'affiche, ce passage non choisi de la pleine lumière à une ombre relative, ils doivent laisser pour le moins groggy ?

— Pour ceux qui ne sont pas sous l'emprise du syndrome de la « grosse tête », le retour à une vie plus normale, même non maîtrisé, présente beaucoup de charme. Enfin, pour moi tout du moins. Je reconnais qu'il est des plus agréable de voir son ego flatté, mais j'ai trouvé également très sympathique de parvenir à souffler un peu, à sortir dans la rue plus tranquillement, « quasi anonymement », à ne plus attirer tous les regards sur mon chemin, toutes ces paires d'yeux. Le seul point qui pouvait me chagriner, c'est lorsque je détectais de la pitié chez mes interlocuteurs. Mais mon malaise s'estompait toujours très rapidement, dès que je reconnectais mon esprit à ma carte majeure, plus forte que tout, le moteur de ma vie, la musique.

Une nouvelle fois Cris — je réservais Christophe pour mon hôte — me ramenait à l'essentiel pour lui, la musique. Avant d'être une star, il avait la musique. La musique avant la musique. Et après avoir été malmené, il lui restait la musique. La musique après la musique.

— Tu aurais peut-être pu relancer la machine médiatique. Certains s'offrent une seconde carrière en « groupe », et cela paraît « marcher » pour eux.
— La musique Didier, la musique, rien que la musique. Pas des choses pathétiques. Tu te souviens de mon avis, en littérature, sur les biographies. Moi, je n'ai jamais rampé pour une croisière des pépés ou d'autres rassemblements pour vieilles gloires, et ce jour-là n'est pas près d'arriver. Dire qu'il y en a qui couchent pour chanter dans ce cadre… et des vieilles en plus… Ce n'est pas possible, les nouveaux producteurs doivent avancer sous substance du matin au soir... « BotoxLand »... Bah… Maintenant, quelques-unes de ces « pseudo-têtes de gondole » s'invectivent même par avocats interposés. Honnêtement, ma conception de la musique, du métier, se situe à des décennies des leurs. Moi, ce qui m'intéresse, c'est la création.

Suis-je prétentieux ? Tu pourrais évidemment le considérer. Ce n'est pourtant ni dans ma nature, ni dans mes intentions. Je ne méprise pas ces artistes, même si, pour les motifs que je viens d'invoquer, quelques-unes peuvent parfois me décrocher un sourire, je trouve juste triste ce à quoi ils en sont rendus. Tu imagines, tourner en boucle sur un seul succès pendant des années.

Cris pouvait aisément se permettre ces petites taquineries sur le physique de certaines adeptes des frères Bogdanoff. Lui qui avait conservé le même visage quasi juvénile, sans aucun produit ajouté, avec uniquement le poivre et sel qui allait bien pour renforcer encore, s'il en était besoin, son immense pouvoir de séduction auprès de la gent féminine. Mais j'étais convaincu que, même s'il avait dû affronter un océan de ridules, il aurait laissé agir la patine du temps.

— Tu ne penses pas qu'ils délivrent de bonnes ondes au public ?

— Parce que moi, j'en délivre des mauvaises peut-être ? Et tous ces chanteurs qui proposent des compositions originales, tous les soirs en concert ? Mais tu as raison, s'ils leur procurent du bonheur et du bien-être à tous ces volubiles, et en apparence bienheureux, « sexa-septuagénaires »… Sauf que j'ai la faiblesse — ou la dureté ? — de croire qu'ils s'engagent en premier lieu sur ces nouveaux contrats pour eux, pour leur baume au cœur personnel. La nostalgie rassure. Elle ne te conduit pas à progresser, mais elle rassure.

En fait, nous ne réagissons pas tous de manière identique, et je dois, somme toute, être assez différent. Quand tu peux déduire de ma réponse « pas douloureux », sans doute ne suis-je pas représentatif ? De l'autre côté de la force, le manque. Pour quelques-uns, manifestement, c'est l'impossible retour à la vie normale, loin du star-system qui vous rend dépendant, c'est le trou d'air. Pour eux, passé le premier temps où tu souffles, tu souffres. Il ne faut pas leur en vouloir, ils ont saisi l'opportunité qui leur était offerte de réapparaître importants, de combler ce terrible vide. Le pouvoir d'attraction magnétique des projecteurs.

Pour ma part, je n'ai pas connu ce manque. Mais, si j'avais ressenti le besoin de retrouver une belle capacité d'exposition, j'aurais plutôt privilégié de me relancer à l'étranger, en débutant par des scènes de pays modestes et amis. La philosophie d'un Moustaki, y compris vers la fin de sa vie — avant ses problèmes respiratoires —, lorsqu'il forçait l'admiration du public, en tournée, tel un prophète hors de son pays, m'aurait amplement mieux convenu que les gros paquebots.

— Un pas, une pierre, un chemin qui chemine, un reste de racine, c'est un peu solitaire, c'est un éclat de verre, c'est la vie, le soleil.
— Le long du fleuve qui remonte par les rives de la rencontre, aux sources d'émerveillement, on voit dans le jour qui se lève s'ouvrir tout un pays de rêve.

— Ah, Moustaki... Quel fin parolier, quelle poésie !
Désolé de gâcher cet instant de grâce, mais j'ai toujours nos matelots en tête, et je songe à autre chose les concernant, en version nettement moins aérienne. J'ai aussi lu que des membres de ces tournées paraissaient parfois traverser des problèmes financiers.
— Oui, c'est probablement une autre des causes, même si je l'appréhende également assez difficilement. Lorsque tu sais ce qu'un titre te rapporte jusqu'à ta mort, un succès, un seul... Regarde l'heureux papa de « Born to be alive », si mes sources sont exactes, il se repose sur environ mille cinq cents euros par

jour. Entre parenthèses, ce contre-exemple parfait demeure une énigme totale à mes yeux. Je ne le vois en effet pas participer pour des besoins financiers, et, a priori, selon les interviews qu'il a pu accorder, il aspirait depuis l'origine à réaliser un tout autre style de musique, alors qu'il tourne, lui aussi, en boucle sur cet unique titre. Une forme de masochisme ? Ou une forme de thérapie ? L'être humain se révèle parfois bien complexe. Bref, pour en revenir à son succès, les journalistes évoquent certes régulièrement un tube interplanétaire, et il en est l'auteur, mais les anciennes idoles, tout de même...

— J'imagine que tu n'as jamais été confronté à ce genre de difficultés financières, toi ?

— Non. Un vrai Suisse.

— Tu y es domicilié fiscalement ?

— Mais non, voyons, pas du tout ! Quand je dis suisse, c'est à propos de la gestion de mon pécule — ma cassette, que personne ne touche à ma cassette — à la manière d'un banquier suisse. Là encore, je ne comprends pas bon nombre de mes « congénères ». Je gagne plus que largement bien ma vie, mais je suis français que diable ! Quelque chose m'échappe. Pourquoi, c'est une pratique en vogue chez les écrivains à succès ?

— J'en connais, comme dans d'autres disciplines, mais je ne mange pas de ce pain-là, moi, Monsieur !

— M'en voici fort aise !


Finalement, mes préjugés d'un autre siècle sur l'âge de la co-location... Et ceux tout aussi ridicules sur les exilés fiscaux... Et si nous nous installions dans une belle villa au Luxembourg, Christophe, juste toi et moi ?


— Sinon, hormis les papys rockeurs et les cougars popeuses, quels sons, quels styles musicaux recueillent tes faveurs ? As-tu un petit « protégé » ? Dans qui te retrouves-tu, quelles influences musicales t'ont marqué, inspiré, Moustaki mis à part ? Ne te censure pas, tu peux tous me les citer, mauvais contribuables compris — note, quelle ouverture de ma part —, aucun souci, nous parlons de musique là.

— C'est pour un article ? Pour quel journal s'il vous plaît ? À moins que ce ne soit pour une biographie ? Je ne sais pas si j'ai bien envie de me prêter à l'exercice. Avez-vous contacté mon agent ? A-t-il autorisé l'interview ?

— Il m'a laissé carte blanche.

— Alors ! Me voilà totalement rassuré ! Allons-y, je vais essayer de vous en donner pour votre argent.

En fait, je suis quelqu'un de très éclectique, les formes de musique et les mélodies sont multiples, très riches, je suis ouvert sur tout, chaque genre, chaque morceau, surtout lorsqu'il est original, imprime un petit sillon en moi. Même si je reconnais que, d'un strict point de vue du rythme, les artistes anglophones nous sont largement supérieurs, et que j'apprécie tout particulièrement certains grands groupes parmi les plus incontournables, mes préférences tendent plutôt vers le « franchouillard », quand bien même il rimerait avec ringard — mais pas forcément la « nouvelle vague », ou pas toute, assez inégale. Les textes qui sont écrits dans notre belle langue ont tellement plus de sens que ceux que nos voisins d'outre-Manche peuvent nous livrer. Nous chanterions les leurs en français... sans leur tempo... pauvres oreilles et pauvre esprit. Et puis, devons-nous nous considérer si ringards ? Quelques-uns me paraissent au contraire très modernes, Gainsbourg, M, les premiers qui me viennent ne me semblent, par exemple, pas du tout neutres dans leur apport à leur espace temporel.

Et toi ? Tu me questionnes beaucoup, mais toi, Didier, vers quels auteurs vont tes premiers émois ?

Moi aussi Cris, moi aussi. Moi aussi, je suis très sensible au contenu des textes, et depuis fort longtemps — mon adolescence, ma célèbre moquette vert kaki —, je les écoute attentivement, je les lis également, je les relis souvent, je tente d'en discerner les moindre subtilités, les moindres intentions des artistes qui les ont confectionnés, je m'imprègne des paroles, je me les récite. Chansons, livres, peut-être un jour écrirai-je un livre mêlant ces deux passions si solidement liées entre elles et chevillées en moi ? Ou tout du moins j'y rêverai, ne pas oublier la promesse de ma carrière achevée. Mais, tu souhaitais m'entendre sur la littérature je crois Cris ?

— Robert Merle. Sans aucune hésitation. C'est en lisant, que dis-je, en dévorant, sa série « *Fortune de France* » que j'ai eu l'envie de devenir romancier. Mais je suis comme toi, très « touche-à-tout », et plutôt attiré par les écrivains français, même si je dois avouer que les policiers nordiques...

Par contre, jusqu'à ces derniers temps, je ne lisais plus que très peu. Lorsque je « couvais » mes ouvrages en cours de rédaction — mes histoires, mes idées, mes personnages —, je n'aimais pas trop me laisser gagner par d'autres univers, d'autres romans palpitants qui m'auraient inévitablement détourné de ma propre voie.

Sinon, si je poursuis sur le chemin des influences, je ne peux pas ne pas te citer les classiques. D'ailleurs, les écrivains, eux, ils peuvent se reposer sur leurs classiques. Pas comme les musiciens. Pour vous, cela se résume à quoi, à une vingtaine d'années, grand maximum, à la décennie 70 et à la décennie 80, ou je me trompe ?

*Des bourdes, des inepties,*
*Les fleurs en disent aussi*
*(Georges Brassens)*

— Toujours dans la provocation. Parce que tu juges que Mozart, Brahms, Schubert ou autre Vivaldi ne sont pas dignes d'intérêt toi ?

— Dignes d'intérêt, je ne le conteste pas, mais dignes d'inspiration pour vos œuvres actuelles, j'en doute, non ?

— Parce que tu estimes les auteurs classiques beaucoup plus modernes ? Et les lignes d'un Zola te porteraient plus que celles d'un contemporain ?

— Non, pas plus modernes, plus intemporels dans le domaine de l'apport à leurs successeurs. Et oui, je goûte bien plus à Zola qu'à une majorité d'auteurs d'aujourd'hui.

— Soit, en termes d'inspiration, c'est possible. Mais si tu te places sur ce plan-là, la musique n'a pas non plus débuté en 1970. Admettons que le mélodiste de 2017 aille assez peu rechercher de sons chez Mozart, tu n'aurais tout de même pas oublié le jazz, le gospel, d'immenses chansonniers français pour la fameuse « nouvelle vague » tricolore, ou les yéyés par exemple ?

— Je te le concède bien volontiers, mais cela nous ramène où, au mieux au début du $20^{\text{ème}}$ siècle avec le jazz ? Ton héritage a trois quarts de siècle tout au plus ? Un peu comme le cinéma ? Mais le cinéma, lui, il n'existait pas avant, et il continuera à sortir des œuvres majeures bien après, notamment faute de la même histoire ancienne.

— Parce que, selon toi, post-années 80, plus rien de majeur ne s'est passé dans le monde de la musique ? Pas de nouveau genre musical ? Et le rap, le slam, le R'n'B ? Et des Kurt Cobain, des Amy Winehouse, des Eminem, des David Guetta ?

— Le rap et le slam sont deux familles qui réalisent le lien entre nos deux arts, l'une en version dure, l'autre en version plus tendre, mais qu'est-ce de nouveau hormis une certaine forme de poésie en chanson ? Le R'n'B, il s'est, pour sa part, contenté d'emprunter à de multiples autres influences musicales. Et les artistes dont tu parles, la plupart n'ont-ils pas défrayé la chronique plus par le contenu de leur vie, ou par leur fin, que par le réel poids de leur production ? Ils sont gravés dans le dictionnaire de l'époque présente, mais demain ? D'ailleurs, les jeunes eux-mêmes, à la rentrée d'après, ils ont oublié ce qu'ils ont encensé, ils le trouvent vieux, sans intérêt.

— Tu penses que les écrivains du début du 21$^{\text{ème}}$ siècle ont beaucoup plus de chances d'y figurer, dans ce petit Larousse du futur ?

— Non, pas du tout, je m'appuyais sur les classiques, c'est toi qui cherchais à en étendre leur durée dans le domaine de la musique. Je ne t'ai pas dit que je voyais un grand nombre d'œuvres majeures dans la littérature de ces dernières années. Juste quelques « coups », comme dans la musique. Mais là encore, le nouveau livre fait souvent disparaître le précédent des mémoires.

— On dirait deux vétérans qui se racontent la guerre, tu ne crois pas ? Quel beau discours de vrais « dinosaures » qui n'appréhendent les nouveautés qu'au travers du prisme de leur âge culturel, avec le syndrome du rétroviseur omniprésent !

— Il ne me semble pas, je me sens curieux, ouvert. À ton avis, dans un siècle, que restera-t-il de Katy Perry et de Douglas Kennedy ? Katy Perry, le parfait exemple, quasi toutes sur les mêmes rythmes et sonorités les jeunes artistes anglo-saxonnes actuelles. Ou de Stromae et de Marc Levy ?

— Demande-leur, à ceux qui ont vécu le dernier concert de Stromae. J'ai des connaissances… Et puis, qui sait, dans cinquante ans, avec la nouvelle génération, que resterait-il finalement de Mozart, des opéras ?

— Ce qui est sûr, c'est que le concert de Stromae leur laissera plus de souvenirs que celui de Marc Lévy.

---

*Connaissez-vous mon univers*
*Mon amour pour la vie*
*Mon avis sur le son*
*Moi j'aime le rock'n'roll*
*(La Grande Sophie)*

# Chapitre 8

*If trop massif, abusif, à ton actif, les coups successifs, trop lourd le passif*
*If décisif, je m'rebiffe, ton départ est impératif et définitif, définitif*
*(Étienne Daho)*

— Tu as pu joindre Morgane ?

— Oui, elle n'a pas plus de nouvelles que nous. Elle en est restée à son dernier appel, juste après votre entrevue.

— Nos recommandés ?

— Toujours pas de preneur. Ils paraissent avoir connu le même succès — ou sort, c'est selon — que le pli simple que tu lui avais adressé auparavant, malgré son ton très ouvert.

— Du côté de la banque où nous lui avons viré des fonds ?

— Ils se retranchent évidemment derrière le secret bancaire. Néanmoins, sa conseillère m'a semblé sincère, je suis convaincu qu'elle ne sait pas. Mais, en langage de banquier, cela se traduit par : « tant que le fonctionnement du compte de mon client est cohérent, je ne peux pas l'obliger à venir me rencontrer ».

— J'imagine que tu as obtenu le même type de retour chez notre notaire commun ?

— Tout à fait. Pas question de secret bancaire le concernant, mais, le terme de « professionnel » utilisé, dans son jargon, pour le caractériser, nous a malheureusement conduits dans la même impasse. Aucune originalité, copie conforme, avoué blanc et blanc avoué. Il voue à ce secret un culte similaire à celui du banquier, et ce, quel que soit tout l'historique de notre bonne relation avec lui, avec son père, ou avec son grand-père bien avant. Cependant, ces forts liens privilégiés aidant malgré tout, il s'est permis une petite suggestion à mon égard, celle d'une petite visite devant la maison de Didier.

— Et alors ? Je ne vois pas trop où cela a bien pu te mener ?

— Aucune pancarte annonçant une vente. La maison n'est pas plus barricadée. J'ai l'intime conviction que, si notre cher notaire ne pouvait rien nous révéler officiellement, c'était sa manière à lui de... me le dire, sans me le dire. Sans doute son geste pour honorer la mémoire de notre long et franc chemin conjoint.

— Très bien, au moins habite-t-il à la même adresse. As-tu sonné ?

— Oui, et j'ai même attendu un grand moment. Rien.

— Il est donc illusoire de ma part d'espérer un petit signal positif je suppose ?

— Pas si illusoire… Nous avons enfin repéré sa fille, grâce à notre quête dans les registres d'état civil. Elle s'est mariée. J'ai pu lui parler après quelques appels infructueux. Elle m'a affirmé ne pas savoir où se trouve Didier, que c'est toujours son père qui la joint, qu'il change systématiquement de numéro, et qu'il ne lui confie jamais où il est. Elle m'a dirigé vers son avocat.

— La belle affaire !

— Effectivement. Ce dernier ne daignera nous prêter une oreille attentive qu'en cas d'assignation. Nous n'en tirerons pas plus en dehors.

— Il nous « la joue » vraiment starlette ! Hors de question que je l'assigne, mon désir est tout autre. Par contre, tu vas me le communiquer le numéro de sa fille. Je vais la contacter moi...

---

*Mais t'es pas là, mais t'es où ?*
*(Vianney)*

# Chapitre 9
*Entrer dans la lumière*
*(Patricia Kaas)*

— Tiens, les concerts, le fameux « pouvoir d'attraction magnétique des projecteurs » selon Cris Franck ?

— Ah oui, j'oubliais, pour la suite de mes mémoires.

— Tu n'y es pas du tout. Non, uniquement pour la curiosité du petit garçon amoureux — oui, je peux désormais te le déclamer sans complexe — que j'étais. Quelle impression ressens-tu dans cet immense puits de lumière artificielle, sous ce large cône lumineux qui se pare de multicolore au gré des musiques et des rythmes qui changent, entouré de tous ces petits soleils leds qui tournent autour des spectateurs ? Oui, quelle impression lorsque le « Roi du Monde », irradié par tant de soleil, évolue sous ces projecteurs qui lui sont tous dédiés et devant tous ces visages qui l'adorent ?

— Tu broies du noir.

— Comment ?

— Non, je tentais un bon mot. En fait, tu vois beaucoup de noir. Tout du moins, tu ne vois pas comme tu le souhaiterais tous tes spectateurs jusqu'au fond de ta salle. Parce que tes lumières, elles t'éclairent surtout toi. Heureusement, elles éclairent également les premiers rangs, et tu croises donc tous ces yeux qui pétillent — parfois, instant de pure grâce, des étoiles, magiques, dans ceux d'une petite fille qui ne te quittent pas, tu sais, celle qui va t'offrir une jolie rose à la fin, avec le petit mot si touchant pour l'accompagner —, et puis, aussi, rapidement, toutes ces voix qui te rejoignent à l'unisson, tous ces bras qui se mettent en mouvement, toutes ces manifestations d'amour. Bref, tu vis une relation unique avec ton public qui t'insuffle une énergie fantastique, qui te transporte, qui fait que tu te sens tellement bien avec eux — et avec tes musiciens, très importants tes musiciens. Tu ne veux pas les laisser, tu éprouves un plaisir colossal à leur donner du plaisir, à leur ôter, deux heures durant, leurs soucis quotidiens, à partager avec eux ce moment en réalisant ce que tu apprécies le plus, de la musique et des chansons. Tu ne penses pas une seconde à cette lumière au-dessus de toi. Par contre, si elle est réussie, tu remercies tes assistants, car ils ont bien contribué à rendre cette soirée inoubliable pour tes admirateurs.

Alors, ai-je comblé tes désirs ?

— Je ne peux que reconnaître ta volonté de me répondre aux mieux mais, si tu ne le vis pas — et malgré ta belle explication passionnée, ou au vu de celle-ci —, il me semble finalement assez difficile d'approcher, par procuration, de suffisamment près les réelles sensations éprouvées.

— Exactement.

— En tout cas, cela doit effectivement être très agréable d'appréhender la réaction du public en direct, en live, ce retour immédiat, alors que, pour un livre, la perception est beaucoup plus inerte, malheureusement.

— Un début de concert peut également se révéler inquiétant, parfois. Il n'est pas rare que je me sois senti en danger. Comment vas-tu être accueilli ? Vas-tu les amener à toi ? Sans compter qu'auparavant, ton album, il est un peu inerte lui aussi. Tu veux un bon conseil pour ne pas nourrir d'éternels regrets ? Lance-toi dans des showcases de lecture de tes livres.

— Et je vais atteindre les mêmes sensations que dans un Zénith complet, c'est d'une évidence... Merci Christophe, sans toi... Si je peux, à mon tour, me permettre... conseiller, évite peut-être comme métier.

[...]

— La musique, la scène tu adores, le rapport si intense avec le public, la transcendance qu'il t'apporte, y aurait-il néanmoins, dans ce beau tableau, quelque chose que tu aimes moins, voire que tu détestes en concert, les répétitions, les backstages, l'attente de l'entrée dans l'arène ?

— Moi, moi, toujours moi. Et toi, qu'est-ce qui te plaît à toi dans un concert ?

— Moi, comme le dit la jeunesse, ce que je kiffe, c'est le riff du batteur, son pouvoir sur le spectacle, sa toute-puissance, et le pied qu'il prend également. La semaine passée, j'ai admiré une batteuse, l'impression dégagée... encore plus fort... la maîtresse absolue du rythme et du show.

Tu as vu comme je suis capable de détourner le prisme de mon âge culturel, de m'adapter aux mots de mon époque ? Sérieusement, tu ne m'as pas répondu, rien qui t'ennuierait dans ce petit monde féérique du live ?

— Si, les rappels préformatés. Comme je suis heureux, hors du star-system, de pouvoir choisir, en fonction des attentes, des demandes, du lien établi avec ma salle, si j'ai envie, et combien j'ai envie de leur livrer d'autres chansons, sans obligation, ni d'un côté, ni de l'autre. À la fin de la représentation, chacun est bien plus satisfait par ces instants plus authentiques, plus magiques où nous avons donné libre cours à nos évidences communes. Parfois je rêve qu'une fois, rien qu'une fois, dans un même élan, une salle se mette au diapason du silence le plus complet. Tu imagines l'artiste qui n'a pas encore chanté son dernier succès... et le buzz ensuite... Peut-être qu'après, la profession interpréterait l'ensemble des titres attendus pendant le cœur du récital, et redonnerait ainsi sa vraie valeur aux rappels.

— Il y a bien longtemps qu'on l'a perdue, je crois, la vraie valeur des rappels. D'ailleurs, au fil des années, ton ressenti sur les concerts est-il le même, ou trouves-tu que ces moments ont pu changer, les shows sont toujours plus aboutis, travaillés, il me semble ?

— Le plaisir est identique, parfait petit journaliste. Bien sûr, avant, il n'y avait pas tous ces apprentis « chinois ». Attention, ils ne me dérangent pas du tout, ils m'amusent tendrement. Je ne comprends du reste pas qu'un certain nombre d'artistes récusent leurs bijoux technologiques fétiches, ils devraient au contraire les intégrer dans leurs plans de publicité et de communication.

Pourquoi ils m'amusent ? Parce qu'ils sont là, avec toi, mais, en réalité, ils n'y sont pas totalement. Ils se sont offerts une place de concert mais, là encore, pas totalement ; ils l'ont offerte à leurs amis, mais si ces derniers étaient intéressés... ils seraient avec nous ; ils l'ont offerte à leur kiné, avec leur future tendinite... lui il s'en frotte les mains et le compte en banque ; ils l'ont offerte à leur portable qui en prend plein les écrans... mais il te confie assez peu ce qu'il ressent, ton portable ; ils l'ont offerte à leur canapé mais, s'ils s'aventurent un jour à regarder le film — le concept du concert à la maison, à défaut du concert pendant —... sans doute certains s'endormiront-ils devant.

Obtiendront-ils le prix du cliché de l'année ? Je n'irai pas le chercher chez eux. Même au temps des Bisounours, la photo prise « sous le manteau », plus rare, avait plus de chance.

Mais je ne les blâme pas, après tout, s'ils désirent à ce point ramener un « bout de moi », un bout de ce moment avec moi, l'inscrire dans le grand livre d'or de leurs meilleurs souvenirs, je le prends surtout comme le signe d'une profonde affection. Non, je ne les blâme pas, ils sont mon public, ils sont mes fans, et je les aime.

[...]

Pas comme les autres apprentis... les apprentis « syriens ».

La musique est censée adoucir les mœurs, c'est bien cela ? Pas pour tous. Ou tous ne l'ont pas expérimenté.

Et un concert est bien censé être une communion avec le public ? Il est vrai que communier n'est pas un terme commun à tous...

À l'époque, celle que les moins de vingt ans ne peuvent pas connaître, à l'époque où l'on pouvait aller tranquillement assister à un spectacle sans craindre de se « faire sauter », ce sont des briquets que nous avions pour mettre le feu, des feux de joie, des feux de paix, bien plus beaux et chaleureux.

À l'époque...


Oui, le contexte a malheureusement bien changé.
L'insouciance nous a été volée.



---


*Y 'a ces arènes du mal*
*Qui chantent les traces d'une douleur qui s'acharne*
*[...] Y'a des bons mais y'a toujours des cons*
*Pour violer des terres, des passions*
*(Jeanne Mas)*

# Chapitre 10

*Pour briser les structures à jamais révolues*
*Prendre les contre-pieds de tout ce qu'on a lu*
*S'investir dans son œuvre à cœur et corps vaincus*
*(Charles Aznavour)*

Nous avions échangé pendant des heures, en dehors de tout espace-temps conventionnel. Cris m'avait offert une somptueuse promenade à l'infini en haut des falaises d'Étretat, une nouvelle gourmandise d'enfant, la rencontre avec cette carte fétiche de mon jeu de société préféré qui était restée gravée, comme mythique, dans mon esprit. J'avais pleinement profité de ces instants de grâce, dans ce lieu unique, sur ces falaises majestueuses — encore un des multiples trésors de notre riche patrimoine géologique —, ces impressionnants blocs de craie posés dans la mer, propices à toutes les imaginations et inspirations d'écrivains, d'impressionnistes, et de tout promeneur. Il me semble d'ailleurs que j'avais cru reconnaître l'éléphant de Maupassant. Quelle sensation que cette marche, comme en apesanteur, sur ces tapis d'herbe fraîche et abondante, comparables à de la mousse ; excitante progression, avec pour seuls compagnons, mais quels compagnons, l'iode, la houle et les goélands. Des sentiments aussi forts nous avaient parcourus lorsque nous nous étions intéressés aux « coulisses », à « l'arrière du décor », sous les arches, sur les galets, près de toute cette écume, de ces remous émeraude et marine joliment assortis de la Manche. Là, en levant la tête, le même site nous avait livré des horizons diamétralement différents, avec ces sortes d'éperons rocheux propices aux montagnards et autres rois de l'escalade. Différents, mais tout aussi imposants. Nous si petits, eux si proéminents.

Dans cet environnement temporel — devrais-je dire intemporel — privilégié, dans cet environnement naturel d'exception, nous nous étions mutuellement délivré tout notre soûl d'intimité croisée, nous nous étions découvert de nombreux goûts, envies, convictions communs.

Nous ressentions désormais, telle une évidence, que nous pourrions réciproquement compter l'un sur l'autre, pour partager tous nos moments de joie et de bonheur, mais — le plus important, bien que souvent le plus friable — également pour résister à toutes les périodes sombres et de tristesse à venir dans nos vies respectives.

L'extase des préliminaires derrière nous, nous étions rapidement tombés en symbiose quant à notre passage à l'acte de l'amitié, avec un fantasme absolument identique sur son contenu.

Des amis. Nous étions devenus des amis. Ainsi en avait décidé notre lien.


— Tu peux te targuer de disposer de pas mal de matière pour ton livre, n'est-ce pas ?

— Tu y reviens bien régulièrement, l'idée te marquerait-elle à ce point ? Le signe que l'appel du stylo et de la feuille blanche commence à être plus fort que tes freins ?

— Qui sait ?

— J'ai dû mal entendre.

— Qui sait ?

— Non, j'ai bien entendu.

— Peut-être.

— Peut-être ?

— Cela dépend un peu de toi.

— Tu te souviens ? Je ne veux plus écrire, inutile d'insister.

— Je n'insiste pas. Mais...

— Mais ?

— Je vais avoir besoin de toi. Tu m'avais bien proposé de l'aide ?

— Tout à fait.

— La proposition tient toujours ?

— Évidemment !

Des regards communs. Et des sourires aussi. Le mien, à cet instant, devait être empli de satisfaction. Contre toute attente, mon plan paraissait pouvoir se concrétiser. Oh oui, je l'aiderais ! Mon empressement ne faillirait pas.

— Parce que je n'ai jamais réalisé autre chose que de la musique dans ma vie. Seul, je doute d'y parvenir.

— Au contraire, tu y parviendras sans problème, tu écris de si belles chansons.

— Je crois bien me rappeler que ce genre de discours s'est déjà invité dans mon espace auditif un jour... Sauf qu'entre une chanson et un livre...

— Quel miracle une chanson quand, avec une poignée de mots, tu tires une telle alchimie de sens, tu transmets autant de sentiments à tes admirateurs, avec une telle appropriation et que, « cerise sur le gâteau », tu te permets le luxe de les marier harmonieusement avec la musique. Et c'est toi, toi cet orfèvre, toi qui minimise ce travail, lorsque moi, des mots, il m'en faut encore et toujours plus ?

— Justement, j'ai l'impression de me retrouver au pied d'une montagne, ou au départ d'un marathon selon l'image que tu préfères. Du reste, je ne me souviens plus précisément de quel grand auteur très convaincant, mais l'un d'entre eux m'a récemment démontré, avec éloquence, la réelle difficulté de construire un « deux cents pages ». Tu n'aurais pas une petite idée par hasard ? Ou nous situons-nous au moment de l'antithèse ?

— Il évoquait sans doute plusieurs sommets. Avec ton talent, un seul ne présente pas d'anicroche possible. Je vais t'aider, ne t'inquiète pas. Lance-toi, vois si tu prends du plaisir et, si tu en prends, continue. Si tu n'en prends pas, continue aussi, il va arriver. Ensuite, tu n'imagines pas le nombre de femmes qui vont te tenir entre leurs mains, langoureusement allongées sur leur bain de soleil, au bord de l'eau de la piscine, en rêvant d'échapper à leur destin parfait de mère et d'épouse formidables.

— Stupéfiant. Quel vendeur !

— Fonce. Je suis là.

— Je vais essayer.


— Qu'est-ce qui t'a fait changer d'avis, tu semblais catégorique ?

— J'ai beaucoup réfléchi. Et nos discussions endiablées ont renforcé les conclusions auxquelles j'étais parvenu. J'ai un sujet d'importance que je ne veux pas garder pour moi.

— Pourtant, tu me disais, ta vie...

— Il ne s'agit pas de ma vie

— Pour une biographie...

— Enfin si, mais pas directement.

— Tu ne souhaites pas m'en révéler plus ?

— Non.


Moi non plus, je n'avais jamais aimé dévoiler mes thèmes, mes ébauches de futurs romans. C'était mon jardin secret, ma chasse gardée. Mes histoires, mes personnages et moi, avant la relecture, nous formions un cercle exclusif, sans intrusion ni partage autorisé. Je ne me risquerais donc pas dans cette voie. De toute manière, l'essentiel était ailleurs, l'essentiel était dans son nouveau désir.


— Je comprends. Je suis déjà très heureux que tu aies accepté.


— Moi aussi, finalement. Mais, si le déroulement ne me convient pas, j'arrêterai, je ne me forcerai pas. Je tiens à être clair dès le début du contrat, que tu n'entretiennes pas de faux espoirs.

— Aucun souci.

— Naturellement, tu poursuis ton stage à la maison. J'ai enfin trouvé ce lien qui me manquait tant, tu te souviens, l'objet de toute ton attention initiale, alors je ne vais pas le lâcher de sitôt.

Je ne resterais pas. Je ne devais absolument pas écouter mes envies profondes, il était nécessaire de le laisser seul avec son projet, mener son parcours initiatique, tracer son propre chemin, sans limite. Il était indispensable de ne pas lui imposer le poids de ma présence, une trop forte charge émotionnelle, de ne pas l'inhiber, le paralyser dans l'attente et l'appréhension de mon avis.

Et puis, j'avais également le besoin d'éprouver enfin et réellement la liberté que je m'étais promise. Mais je reviendrais le visiter avec beaucoup de bonheur, lui et sa douce et fruitée région normande, ses falaises si blanches, ses briques si rouges, ses élégantes façades blanches et rouges.

— J'adorerais vraiment, mais je ne vais malheureusement pas pouvoir.

— Tu ne vas malheureusement pas pouvoir ? Mais tu ne m'as parlé d'aucune contrainte, d'aucun engagement ?

— Non, effectivement.

— Alors ?

— Fais-moi confiance, il est très important que je te laisse seul avec tes idées, tes désirs, tes souhaits, que je ne vienne pas troubler le déroulement de tes journées, que je ne marque pas de frein, de passage obligé dans celles-ci. Au commencement tout du moins. En outre, je me suis promis des choses à titre personnel, et il faut que j'expérimente ces promesses.

— À quoi vas-tu t'adonner ? Qu'as-tu en tête ?

— Rien.

— Je ne te crois pas.

— Tu devrais.

— Tu t'es promis d'expérimenter le « rien » ?

— Exactement, le vide. Mais je te raconterai.

— C'est à moi de ne pas chercher à en apprendre plus, là.

— Tu as parfaitement compris, toi aussi.

— Juste un petit point de détail, si tu n'es pas avec moi, comment vas-tu m'aider ?

— Tu n'as pas oublié le monde censé être moderne dans lequel nous vivons ? Le téléphone, internet, nous devrions y parvenir.

---

*On voudrait, on voudrait*
*Couper les virages*
*Mettre le feu aux poudres*
*Et rouler et rouler*
*Beau comme l'orage*
*Et vif comme la foudre*
*S'en aller*
*Couper les virages*
*Ne plus suivre les lignes*
*(Alex Beaupain)*

# Chapitre 11

*On laisse nos chaussures au placard*
*Et on prend la guitare*
*Un CD de Marley [...]*
*Destination ailleurs*
*(Yannick Noah)*

— En Corse ? Tu dois te régaler. Et t'enrichir de tellement de sources d'inspiration. Idéal pour composer de nouveaux récits, développer de nouvelles intrigues.

— Oui, je me suis régalé. Dès les premières minutes, dès l'arrivée sur Bastia.

Comme j'aimerais que tu puisses ressentir tous mes sens en éveil ce jour-là, uniquement avec mon récit. Mais les mots, malgré leur magie, ne pourront malheureusement pas tous te les instiller. Comment te faire toucher du doigt la kyrielle de mes émotions, au petit matin, dans le bon air marin déjà tout imprégné de l'âme à la tête de maure, sans un bruit, dans la tranquillité de cette splendide mer étale qui brasillait de mille reflets, sous ce ciel immaculé de bleu et ce soleil levant exhausteur de couleurs si particulières, lorsque j'ai découvert les flancs verts, calmes et pour moi si apaisants à cet instant de l'est du Cap Corse, puis, petit à petit, le charme de ces maisons parées d'ocre, d'orange et même de rose, la toute-puissance insufflée par ces églises d'une blancheur d'albâtre, dominant fièrement leurs villages, la dimension historique de ces solides tours génoises si bien gardées, le tout avec, en arrière-plan, la montagne qui s'annonçait si généreuse et omniprésente.

Et dire que je n'avais toujours pas posé mon pied insulaire. Ce moment unique où ton cœur s'emballe. Pour célébrer celui-ci, comme tant d'autres avant moi, je m'étais tout d'abord accordé une pause, dans la quiétude du réveil de l'île, sur cette magnifique place Saint-Nicolas, sous les palmiers centenaires, après un rapide crochet dans une pâtisserie voisine. Le temps d'un très agréable petit déjeuner en compagnie de canistrelli tout chauds, savoureux butin de mon escapade. Temps que j'avais volontiers laissé s'étirer.

Quand je me décidai enfin à me détacher de ce lieu, après avoir loué ma moto, il ne me fallut pas plus de quelques kilomètres pour ressentir encore plus profondément la Corse, avec ses odeurs enivrantes d'eucalyptus, de myrte, de lentisque et bien d'autres, le corps immédiatement en symbiose avec ce climat d'une extrême douceur, et des yeux qui ne savaient déjà plus où regarder parmi toutes ces « oreilles de Mickey » bientôt prêtes à couver des figues de barbarie à foison, parmi tout ce rose, ce rouge, ce blanc à perte de vue au paradis du laurier ou du bougainvilliers, parmi tous ces champs de nobles et légendaires oliviers, ces pins laricio qui nous contemplent de tout là-haut, nous, pauvres mortels, et eux si puissants et forts avec leurs longues croûtes millénaires, symboles de leur résistance à des siècles et des siècles.

Oh oui, tous mes sens en éveil.

— Merveilleux. Tu as repris le chemin de l'écriture alors.

— Repris l'écriture ? Non. Je me suis empreint de toute la richesse de cette terre, mais je me voyais assez mal écrire une histoire d'amour entre un eucalyptus et un figuier de barbarie, ou le crime d'un pin parasol sur un olivier, un suspense envoûtant avec comme héros un arbousier et un chêne liège en « tenue de cycliste », la trahison du myrte sur le cédrat. Dans ce tableau idyllique, à l'apogée de la beauté de Dame Nature, je n'ai malheureusement pas trouvé les bons humains à rajouter, pas même un baigneur à plonger dans ces si divines eaux couleur lagon. Il ne s'agit d'absolument rien de personnel par rapport aux Corses, je n'ai pas mené le bon cheminement pour les bonnes rencontres, j'étais tellement occupé à remplir mes yeux de la quintessence de cette nature intense, en quête d'encore plus beau, que je n'ai pas forcément eu les bonnes démarches, pas mis toutes les chances de mon côté. Et j'ai échoué avec les hommes.

Et puis, en pleine conscience et en complète harmonie avec le bout de ma route littéraire, il ne fallait pas perdre de vue que mon état d'esprit était très éloigné d'une quelconque chasse à l'inspiration.

— Tu n'as pas pu ne pas en rencontrer dans les roches de feu et de sang de Piana et Scandola ? Ces têtes de chien qui conversent avec ces têtes de requin, ou avec des lions, vers Roccapina, ces formes qui parlent à l'imaginaire, tu as bien dû découvrir quelque humain qui en valait la peine dans les parois ?

— Non. J'ai certes distingué les traits de ces étonnantes créatures de pierre, mais aucune ne m'a interconnecté avec les âmes humaines que j'aurais pu rechercher, y compris imaginaires... Dis-moi, en t'écoutant, j'ai l'impression que tu connais bien l'île, toi aussi ?

— Je suis démasqué, je l'avoue, mes sens, je les ai largement éprouvés également, ton récit me plongeait dans une si gracieuse nostalgie que je n'ai pas souhaité t'en détourner. Mais, pour ma part, le tableau n'était totalement complet que lorsque je m'approchais de Porto en provenance d'Ajaccio. Là se situait l'étape ultime de la chamade.

— Les calanques…

— Oui, les calanques, quel choc visuel. Je n'oublierai jamais ma première fois dans ce lieu qui est au firmament de mes sept merveilles de Corse. Ah Piana… Mais, si nous revenions à toi. Tout à l'heure, tu m'as semblé utiliser le passé, je me trompe ?

— Non, tu as bien entendu, je me suis effectivement exprimé au passé, je crois que je vais bientôt m'envoler pour d'autres cieux.

Après un deuxième tour de Corse, je suis parvenu pour la seconde fois à Centuri, un peu comme au bout du monde. Sauf qu'en « bissant » le bout du monde, je ressens désormais un vrai besoin de monde. J'ai achevé mon périple en apothéose, avec une plongée qui m'a permis d'atteindre des eaux d'une pureté incroyable, au milieu d'une faune et d'une flore merveilleusement préservées, voisin, notamment, de ces très curieuses cigales de mer — au nom si chantant et au regard si expressif —, de patelles géantes bien moins impressionnantes que leur patronyme, de fiers mérous bruns ou autres bancs de pageots rosés. J'étais au sein du Paradis, en son cœur le plus profond, il me l'avait ouvert, plus aurait probablement été délicat à exiger. Mais je m'y trouvais seul. Désespérément seul

Grâce à ce séjour, j'ai réalisé combien un lieu paradisiaque, en solo, pouvait se révéler, contre toute attente, moins agréable qu'un site au charme plus discret vécu à plusieurs.

— Je ne connais que trop parfaitement ce que tu me décris là.

Avant la Corse, Cris ne le savait pas, j'avais déjà un peu « fauté ». J'aurais pu m'évader près des statues de l'Île de Pâques, dans la baie d'Ha Long, au Tâj Mahal, à Monument Valley, au pied des pyramides ou dans la cordillère des Andes, mais j'avais initialement choisi l'improbable Mas Burguet. Qu'est-ce qui m'avait poussé à privilégier ce Mas Burguet ? Une nouvelle impulsion familiale, l'introspection battant son plein. Le Mas Burguet et ses trois, quatre maisons isolées dans le coude de la nationale entre Limoges et Clermont-Ferrand, quelques âmes, un étang paisible, une calme rivière qui serpente harmonieusement dans la prairie, assez champêtre, malgré le bruit des voitures. J'avais très vite saisi que ce terrain de jeu ne serait pas assez vaste pour moi. Par contre, n'y étant demeuré que peu de jours, mes conclusions, sans doute trop hâtives, n'étaient vraisemblablement pas des plus affinées. En fait, ce qu'il me fallait, c'était surtout une certaine densité humaine. Ou plutôt une compagnie certaine.

À Cris aussi manifestement. Son acquiescement à mon précédent constat, synonyme de sa propre situation, m'attendrissait sincèrement.

— Pourtant, j'en ai profité jusqu'aux derniers instants, de cette reine de beauté. Qu'elle était douce au palais, la chair fine, fondante et savoureuse de ma langouste pour mon dernier déjeuner. Mais, même avec le plus admirable des vins de Patrimonio, les meilleurs mets… seul à ma table depuis tant de repas… encore plus alors que j'avais tant de matière à partager.

— Je me souviens, pour ma part, d'une subtile truite endémique aux cédrats confits, testée en soliste.

— Délicieuse. Je crois avoir également eu l'honneur de lui être présenté. Le plat préféré de Sylvia. Sylvia, celle avec qui j'aurais tant désiré vivre cette aventure, nous avions échafaudé tellement de souhaits communs à l'évocation de cette île. Tu veux que je te dise ? J'ai largement sillonné et goûté aux multiples charmes de cette sublimissime Kallisté, je ne vais pas, aujourd'hui, à l'heure du départ, formuler une quelconque forme de déception sur une partie occultée. Mais, en toute honnêteté, de peur d'affronter une solitude toujours plus forte, je me suis, par exemple, totalement interdit l'idée du GR20, notre promesse majeure, celle que nous idéalisions et ne concevions qu'ensemble.

— Ta femme et son fameux marin. Je sens un véritable manque en toi, d'immenses regrets, un douloureux goût d'inachevé, est-ce que je me trompe ?

— Non, ta perception est très juste. Et ce sentiment est exacerbé depuis que je me suis mis en pause de l'écriture, sans projet à mener à bien désormais.

— Tu m'as entraîné dans un vrai piège alors.

— Dans un piège ?

— Si, une fois mon livre achevé, la solitude me submerge à ce point.

— Tiens, justement, où en es-tu avec l'écriture ?

— J'ai débuté.

— On peut en parler ?

L'empressement de Cris à fermer la porte à triple tour, à la suite de ces uniques questions toutes anodines, me paraissait plus que le simple fait de m'opposer la marque de son territoire exclusif, ou une forte superstition d'auteur à conserver pour soi la primauté de son futur bébé littéraire. J'avais ressenti une telle crispation. Peut-être cet ouvrage était-il beaucoup plus lourd de sens que je ne l'avais imaginé ? J'avais envie de croire à cet augure. Ne pas le brusquer. Surtout pas. Et espérer vivement voir mes intuitions confirmées d'une belle et bonne surprise dans le dicton qui, à point, vient quand on sait attendre.

Avvèdeci et à a prossima Corsica !

La Corse m'avait conquis, j'y retournerais, mais il était temps pour moi d'ouvrir une nouvelle page de mon cahier d'expériences de la liberté.

---

*Mais il fait pas de bruit le bonheur*
*Non, il fait pas de bruit*
*Non, il n'en fait pas*
*C'est con le Bonheur, ouais,*
*Car c'est souvent après qu'on sait qu'il était là*
*(Christophe Maé)*

# Chapitre 12

*Mais des nouvelles de vous*
*Je n'en ai pas beaucoup*
*De loin en loin, de moins en moins*
*(Pierre Bachelet)*

— Papa !

— Oui ma chérie.

— Je suis heureuse de t'entendre.

— Moi aussi ma fille.

— Tu as repris un abonnement ?

— Oui, une ligne sécurisée au nom de Paul Bismuth

— Tu plaisantes, mais tu es presque autant recherché que certaines sommités de ce monde.

— Les agents de l'ex-KGB se sont montrés des plus discrets alors. À l'occasion, nous ne manquerons pas de les remercier chaleureusement pour cette délicate attention. C'est très attendrissant de flatter son vieux père tu sais, mais je ne suis pas dupe, nous en sommes probablement bien loin.

— La vérité sort pourtant, souvent, de la bouche des enfants. Nous n'en sommes franchement pas si éloignés.

— C'est toi qui plaisantes, là.

— Pas vraiment.

— Comment ? Explique-moi.

— Je crois que tu méconnais totalement le niveau de ta cote de popularité auprès de ton éditeur, combien tu es important pour lui.

— Il t'a appelée ?

— Sans vouloir te peiner ou t'irriter, le terme le plus exact se rapprocherait plus de « harcelée ».

— Non ?!

— Tous les jours.

— L'espèce de fils de...

— Papa, voyons... Et puis, regarde plutôt le positif, en tout état de cause, il tient énormément à toi, c'est une certitude. Si tu envisageais de faire monter les enchères, tous les possibles te seraient permis.

— J'ai des désirs et des motivations somme toute très différents à cet instant.

— Ne t'inquiète pas, j'ai géré, un changement de ligne fixe, il y a plus compliqué.

— Tout de même ! Si je l'avais cru capable... ce Jean-Roch de mes...

— Tttt, un romancier de talent comme toi. Pas de souci je te dis. Par contre, pour la ligne professionnelle...

— Non, il n'a pas été jusqu'à t'appeler au travail ?!

— Un peu...

— Ma pauvre Elsa, excuse-moi !

— Ne te formalise pas, j'ai géré là encore. Sauf qu'avec tous les clients du cabinet, un changement de numéro se serait avéré un exercice plus difficile... Alors, je me suis permis de solliciter ton avocat afin que cet importun cesse sa cour rapprochée.

— Tu as bien fait ! Il a arrêté ?

— Oui, plus de nouvelle depuis plusieurs jours.

— Je vais contacter Arnaud. Si Mallois n'a pas compris les limites, nous allons les lui préciser, et je ne m'interdis pas de lui concocter un plan qui aurait une tout autre orientation que ce que j'avais pu imaginer initialement... Signer chez un éditeur concurrent, son auteur phare... je possède, et tu me l'as confirmé, quelques leviers pour l'entraîner dans la voie d'une saine réflexion.

---

*Zen, restons Zen*
*Du calme à la vie comme à la scène*
*Sans amour et sans haine*
*(Zazie)*

# Chapitre 13
*Wight is Wight*
*(Michel Delpech)*

Le *Danielle Casanova* quitté à regret, après une longue conversation avec Elsa que nous avions finalement résolue d'achever à contrecœur, je n'avais pu m'empêcher de mettre le cap sur Hyères, fort de mes souvenirs de Belle-Île et de Wight, et de tous les échos positifs qui m'étaient parvenus à propos de Porquerolles, île que je tenais donc absolument à découvrir. Porquerolles, une destination qui ne m'exposait, en outre, à aucun risque de mélancolie quant à d'anciens projets amoureux non aboutis.

Trop francophiles mes horizons ? Pas suffisamment d'ouverture, d'audace pour d'authentiques et d'enrichissantes rencontres ou révélations ? Lorsque certains n'hésitaient pas, par exemple, à lancer leurs personnages dans de vastes périples à travers de multiples pays à bord d'une simple armoire suédoise ? Toujours aussi lisse ? Peut-être. Quelle importance ? Complètement libre, je n'avais de compte à rendre à personne, je n'avais pas plus à développer quelque complexe qu'il soit vis-à-vis de quiconque, ou à me jeter dans je ne sais quelle course au toujours plus. Je devais juste suivre mes désirs. Et mon désir présent était d'abord de profiter de nos nombreuses richesses intérieures, avant de m'emplir de celles infinies d'ailleurs. Rien ne pressait. J'étais à la tête d'un important capital temps à venir. L'univers pouvait bien attendre un peu.

Durant cette nouvelle liaison sur les flots, j'avais très vite évacué Jean-Roch et ses pitoyables et mauvaises manières, j'avais tout autant oublié Cris et les perspectives d'une éventuelle « bombe » que j'accompagnais de mes vœux. À peine m'étais-je installé, que mon attention avait été accaparée par un jeune couple de vacanciers totalement aimantés... chacun à sa propre tablette ; alors qu'à défaut de se prendre tendrement par le cou, les yeux dans les yeux, ils auraient sans doute eu tant à contempler et à partager. Merveilleux monde moderne et technologique. Un rapide regard circulaire ne m'avait guère rassuré. Hormis quelques membres de la caste du troisième âge ou des jeunes enfants aux pupilles fraîches, avides et pétillantes, peu de personnes avec qui s'entretenir du paysage.

Si j'avais été un auteur de livres d'opinion ou de société, je me serais réjoui de disposer d'un tel sujet amené sur un plateau... numérique. Toutes ces tablettes, tous ces portables, et tous ces humains surtout qui, dans leur course interminable pour combler le vide à tout prix, ne s'accordent plus ne serait-ce que quelques minutes de repos pour leur esprit, sauf lorsqu'ils se déplacent, et encore.... Mais moi, ce qui me plaisait, ce n'était pas de décrire des faits, leurs origines, leurs conséquences, de les expliquer, de les analyser, c'était de construire des histoires vivantes et des relations entre mes personnages. J'espérais en croiser à Porquerolles, des vrais, avec beaucoup de tablettes hors service.

Au moins, cette fois, sous le strict angle de la densité de population, je ne m'étais pas trompé, j'avais mis dans le mille. Était-ce pour autant un bon choix — l'été était-il propice aux belles rencontres — ou une réelle erreur de casting ? En tout cas, j'avais eu la chance de choisir en location une très charmante maisonnette qui avait comme premier avantage, ô combien estimable, d'être détenue par de forts sympathiques propriétaires, avec qui le lien avait été instantané et la conversation facile. Pour le reste... j'avais vite réalisé qu'en cette saison, les matins aux aurores et les soirs sur le tard allaient devenir mes périodes privilégiées.

Là, j'avais adoré les sublimes camaïeux de couleurs qui m'avaient été offerts aux prémices du petit jour, ou pour escorter le coucher du soleil. J'avais vraiment apprécié chaque recoin de cette île que j'avais parcourue — et l'expression collait ici parfaitement à la réalité —, de long en large, sur ses grands sentiers, sous ses immenses pinèdes, du fort du Grand Langoustier au fort des Mèdes, du cœur du village jusqu'en haut du Sémaphore, avec son éblouissante vue à 360 degrés sur la baie de l'Alycastre et sa divine plage Notre-Dame, petit écrin de sable fin et d'eaux turquoises — chaudes, d'une clarté impressionnante, in situ, les doigts de pieds joueurs avec tous ces grains dans leurs interstices — ou le long des abruptes falaises du sud, des calanques déchiquetées.

L'étourdissant et entêtant chant des cigales m'avait accompagné avec bonheur pendant tout mon séjour, et que dire de ces glaces Gargantua au goût exact des fortes fragrances caractérisant leurs ingrédients, qu'il s'agisse de rose, de lavande, ou de jasmin, glaces dont je m'étais délecté. J'avais véritablement écoulé une belle villégiature, copie en tout point conforme à ce qu'on m'en avait dépeint, comme en lévitation au milieu de cette somme d'odeurs grisantes, de cet air chaleureux qui vous enveloppe immédiatement d'une sensation à la fois douce et étrange, et du parfum du large jamais bien loin, en dehors de tout repère connu. Les promesses d'une île… Cette splendide bande de terre qui avait en même temps su dompter et se marier avec la mer dont elle émergeait, en présentant, sur quelques kilomètres carrés seulement, un condensé décuplé des merveilles de la nature. Un lieu définitivement à part, un espace où tous les ressentis sont différents.

Et puis, petite cerise sur mon gâteau tout personnel, j'avais également regoûté aux joies d'une passion d'enfance trop longtemps oubliée, le Tour de France. Le Tour de France, un théâtre idéal pour l'inspiration de romanciers égarés. Au risque de perdre une partie de leurs lectrices ? Considérant que n'est pas Gilles Legardinier qui veut dans l'art de leur parler, de les toucher, perdu pour perdu, à grands renforts de beaux athlètes, pourquoi ne pas oser ?

Le Tour de France, je n'avais aucune raison de ne pas oser ma gourmandise.

Les après-midi, en quête d'ombre, et de calme surtout...

Il avait tout d'abord fallu que je m'habitue aux nouveaux codes de la course. J'avais quitté des animaux sauvages, j'avais retrouvé des armées d'humanoïdes. Dans mon cyclisme à moi, dans le cyclisme que je connaissais, dans celui d'antan, les coureurs se comportaient à l'image de fiers jaguars, d'impétueux léopards, ils attaquaient leurs proies, ce n'était pas leurs hordes qui couraient après pour les consumer, avant que leur leader ne les croque. D'ailleurs, à l'évocation de l'Aigle de Tolède, du Cannibale, et même du Pirate, tout était dit. Sur le panache aussi. À la place, j'avais découvert une troupe de scientifiques, ne laissant rien au hasard, qui frappaient avec une précision chirurgicale, à l'épuisement du cobaye qui avait tenté la belle échappée. Déroutant.

Finalement, même si la course d'aujourd'hui me semblait nettement moins séduisante, même si je préférais la course de mouvement et les conquistadors d'hier, après avoir assimilé ces nouvelles stratégies, l'atmosphère m'avait happé exactement comme avant, avec ses rayons hypnotiseurs dont on ne sait expliquer comment ils fonctionnent. Ces longues heures où il peut ne rien se passer, et encore plus désormais, dans l'attente qu'à tout moment quelque chose se passe justement, la banderille, l'étincelle jamais éteinte, que nos cols mythiques accouchent non pas d'une souris, mais d'un instant d'anthologie.

Dans cet espoir, et durant les quelques temps morts, néanmoins assez fréquents, pour y parvenir, devant mon écran plat ultra-profilé, face à ces cyclistes du futur, bref dans un environnement parfait, la remontée de nombre de mes souvenirs avait été largement favorisée.

Le premier, le plus improbable — preuve du caractère institutionnel de la Grande Boucle dans ma famille — me projetait avec mes parents, en pleine randonnée dans les Alpes, les années où nous prenions nos vacances en Juillet, mon père avec notre précieux transistor et ses grandes ondes à l'oreille. Pas question de manquer la moindre étape. Nous avions ainsi croisé plusieurs générations de randonneurs pour le moins surpris par cet étrange attelage, le petit garçon avec sa casquette à pois rouges en tête de cordée, les deux parents, eux aussi équipés d'un seyant couvre-chef, un peu en retrait dans la pente, mais à distance raisonnable afin que chacun puisse profiter du son, régime dont bénéficiaient également, par voie de conséquence, des voisins pas forcément demandeurs.

Je me rappelais aussi les instants magiques quand nous allions assister à une étape de montagne, lorsque, toujours en congés, le parcours ne se situait pas trop loin de notre port d'attache : tout d'abord, l'étude stratégique du tracé, et le repérage du meilleur endroit pour se régaler, ainsi que des routes coupées que nous devions contourner pour l'atteindre ; puis, l'excitation du trajet en voiture, l'arrivée dans une fraicheur matinale qui me traversait d'étranges frissons que j'affectionnais tout particulièrement, la marche, jamais contraignante, jusqu'à la bonne place, dans les traces des grandes envolées à venir, sans cesse plus attiré par l'affolement des pourcentages et impressionné par le challenge à relever ; au bout de la route, le pique-nique, immanquablement dans le palmarès de mes meilleurs pique-niques, l'attente agrémentée par la lecture studieuse de la presse sportive et par les premières dépêches sur la course communiquées par la radio ; le feu d'artifice de joie et d'ébullition au passage de la caravane publicitaire, et puis, enfin, les coureurs, quelques secondes seulement, mon rêve que l'un d'eux jette son bidon à mes pieds. Comme tant d'autres avant et après moi. Le symbole de l'objet pour un petit garçon. Le tout dans une ambiance… Une journée de belle communion familiale gravée dans l'album des bons moments de la vie. Y compris dans celui des mamans lisant Legardinier.

Je me remémorais encore le jour où, le Tour faisant étape dans notre ville, j'avais eu la chance, en me promenant avec ma mère sous les fenêtres d'un hôtel, d'hériter d'une vraie casquette de l'équipe Kaas, en provenance directe d'une de ces embrasures nous dominant, par la grâce de je ne sais quel miracle. Soigneusement lavée par maman, et portée ensuite pendant des années comme un trophée. Elle ne remplacerait pas le bidon que je continuerais à espérer, mais elle avait comblé l'enfant que j'étais.

Je me souvenais également, comme si c'était hier, des équipes qui m'avaient marqué, les Peugeot, les Ti-Raleigh — les plus indélébiles ces deux —, les Renault, les Kaas, les Mercier, les La Redoute. Et de mes idoles, Lucho Herrera, Lucho Leblanc, Frédéric Brun. Frédéric Brun ? Un inconnu ? Sans doute. Pas de moi en tout cas. Je suivais scrupuleusement tous ses classements. Tout au long de sa carrière, il n'avait certes jamais gagné grand-chose, mais c'était un équipier modèle, et surtout, comme Lucho Leblanc, qui n'avait rien de colombien si ce n'est ses facultés de grimpeur — les grimpeurs, mes icônes —, il était originaire de chez moi, ou tout comme, et cet élément suffisait à le rendre aussi important à mes yeux.

Après ces heures merveilleuses sur le bord des routes, en compagnie de notre fidèle radio, ou devant mon écran télé, il me venait des envies intenses d'enfourcher mon vélo pour de folles chevauchées à l'assaut de tous ces Tourmalet, Galibier, Ventoux, ou autre Izoard. Si je me trouvais chez moi, dès la retransmission achevée, je rejoignais ma moquette multifonction, où m'attendaient les exactes répliques des géants de la route et où je jouais des heures durant, mais oui, aux petits coureurs, en me racontant mes propres courses. C'était l'époque où vous pouviez repérer, à une place de choix, « Les Six Compagnons au Tour de France » dans la bibliothèque de l'écrivain que je deviendrais.

Ces après-midi, passés devant ce spectacle fétiche de ma jeunesse, m'avaient vraiment réjoui, je m'étais offert mon petit cadeau. Oh, tout simple mon petit cadeau, bien loin, par exemple, des possibles heures occupées à me prélasser, accompagné ou non, sur un yacht rutilant, que mes moyens m'auraient sans difficulté permis de m'octroyer. Mais il me ressemblait tellement plus.

Une activité très masculine, d'homme seul qui plus est ? Une femme aurait, elle, profité du soleil, de la mer, de la plage, avec ou sans enfant, un Legardinier entre les mains ou non ? Je n'aurais, au final, pas dépareillé avec une tablette ? Pas très seyant non plus, sur une île de ce standing, mon maillot vénéré, à pois inévitablement ? Pas assez suédois de regarder toutes les étapes du Tour de France lorsque l'on a la chance de se trouver à Porquerolles ? Peut-être. Quelle importance ? Que les bien-pensants pensent. Ils ne m'intéressaient pas. Non seulement, ils n'avaient pas vécu mes matins et soirs idylliques, mais encore, force est de constater qu'une fois le clap de fin tombé sur le Tour, et après m'être largement imprégné des lieux, dans un périmètre somme toute bien plus restreint qu'en Corse, mes horizons m'étaient apparus un peu moins souriants. Je m'étais en effet à nouveau heurté à un sentiment qui semblait dorénavant faire partie de mon quotidien, un sentiment que le mot « vide » résumait parfaitement. Mais pas le même, pas celui de la solitude, un vide lié à un besoin d'activité. Comme il était hors de question pour moi de mener grand train, une vie de paraître, de me jeter dans le superflu, je commençais à me demander si, en grand décalage avec mes certitudes initiales, ce que je nommais la liberté totale ferait vraiment mon bonheur. D'ailleurs, pouvait-on parler de liberté ?

Face à ce « condensé décuplé des merveilles de la nature », j'avais tenté de me lancer dans la photographie, mais je m'étais bien vite rendu compte de mon absence de talent. Lorsque l'on sait que les défis non aboutis et moi... Mon grand-père, un homme d'une infinie bonté — avec ses yeux cristallins d'une telle profondeur et sensibilité, toujours prêts à verser leur flot de larmes — n'étant pas parvenu à me transmettre l'art séculaire de la sieste, qu'il maîtrisait pourtant à la perfection, je n'avais même pas pu lui emboîter le pas et trouver cette échappatoire. Je souhaitais secrètement réussir à concocter une belle surprise à Cris, en lui écrivant une chanson, je croyais toutes les conditions réunies, elle s'était avérée impossible. Était-ce la difficulté de l'exercice ? Mon inspiration fuyante, théâtre idéal ou non ? Quelle qu'en soit la raison, une seule conclusion s'imposait, ma composition ne le toucherait pas.

Cris... Je m'étais imaginé lire longuement, avec une grande attention un livre, son livre, j'avais prévu de corriger ses épreuves surtout. Pas d'épreuve. Pas de livre. Pas même quelques pages. J'avais essayé de le joindre plusieurs fois. Sans succès. Je lui avais laissé plusieurs messages. Sans rappel. Cris... Aucune nouvelle.

Alors, sans doute pour compenser mes désirs demeurés lettre morte, je m'étais surpris à rêver que je révisais ses fameuses épreuves, un très bon premier roman, bien construit, bien rédigé, abouti. Cris s'était même invité dans mes rêves, nous avions eu des conversations passionnées, à la nuit tombée, sur la grande terrasse, devant d'interminables verres de cocktails si délicats. Le lien de l'imaginaire me permettait de concrétiser ce rapport auquel j'aspirais tant et qui me manquait tant.

Par-delà le livre et le suspense à propos de son contenu, je devais bien m'avouer que l'homme me manquait aussi. Il ne m'avait annoncé aucun spectacle, aucune manifestation. Comment interpréter ce silence ?

---

*Non mais vraiment*
*Qu'est-ce qu'il t'a pris*
*D'aller mourir à Rimini*
*(Les Wampas)*

# Chapitre 14

*Il y a des nuits où je m'offre au hasard*
*Des nuits où j'entre dans le miroir*
*Des nuits, des nuits où je suis du blanc au noir*
*(Olivia Ruiz)*

*« Mon inspiration fuyante ».*

*« Si lui éprouvait beaucoup de plaisir à chanter [...] Je n'en éprouvais plus à écrire des livres pour écrire des livres. »*

*« Que je parviens au bout d'une route, que je dois tourner la page. »*

*« Alors, sans doute pour compenser mes désirs demeurés lettre morte, je m'étais surpris à rêver que je révisais ses fameuses épreuves, un très bon premier roman, bien construit, bien rédigé, abouti. »*

Mais qu'est-ce que c'est que ces sornettes ?

Quelles sornettes ?

Ce discours sur la fin d'un cycle, le manque d'inspiration, cette attraction absolue pour ce Cris, comme hypnotisé. Ce Cris, tu le connais à peine. Mais ça y est, il a déjà tout remplacé, lui forcément il va produire un livre phare, et pas toi. Et si tu te concentrais plutôt sur le tien de livre ?

Sur le mien ?

Oui, sur le tien, sur moi, te rends-tu compte de ce que tu me fais subir à moi ? Je suis ton livre bon sang, je suis bien écrit, avoue-le ! J'ai du fond, du sens, du contenu, des personnages attachants, même une belle couverture. Bon, certes, tu pourrais réaliser quelques efforts pour un décollage première classe, en te débarrassant enfin de ton univers aseptisé, ta chambre proprette, ta fille parfaite. Ta fille, tout juste ce ridicule port de sac. Invente-lui plutôt une sexualité débridée, un style « grunge » ou « néo-punk », voire gothique, avec des toc et des « pétages de plombs » réguliers. Avec la touche rock'n'roll qui va bien, tu y serais presque. Alors, pourquoi préférer se tourner vers un inconnu que vers la famille ?

Quelle famille ?

Mais moi. Moi et tes onze romans qui te réclamons un petit frère. Et pas par procuration, pas de ce Cris. Surtout pas de cet omnipotent Cris. On ne s'improvise pas écrivain. D'un vrai auteur. De toi.

Tu en sais quoi ?

Tout le monde sait cela. Tu le sais aussi. Et si tu étais honnête, tu te l'avouerais. Tu n'arrêtes pas de me rebattre les oreilles avec ce Cris, Cris, Cris. Mais quelle compétence il a ce Cris, Cris, Cris ?

Oh, laisse-moi tranquille veux-tu ?
Cris, Cris, Cris.
Laisse-moi mon livre, laisse-moi !!!

Une paupière ouverte en sursaut, un rai de lumière, l'autre opérationnelle quasi immédiatement, un rapide regard autour de moi pour confirmer. Mon lit, mes draps trempés de sueur et totalement détournés. Ouf, quel cauchemar je venais de vivre

---

*Master and Servant*
*(Depeche Mode)*

# Chapitre 15

*On respire l'air du large*
*L'air du temps, l'air de rien*
*On veut tous prendre le large*
*Personne connaît le chemin*
*(Patrick Bruel)*

— As-tu pu faire bouger les lignes Jean-Roch ?

— J'ai cherché à l'intimider. Sans succès. Elle a rapidement mis son avocat en travers de mon chemin. Retour au point de départ. Face à quelqu'un qui ne correspond pas, mais pas du tout, au portrait-robot de mon interlocuteur espéré. Sachant que je n'ai toujours aucune envie de transiger avec lui. Et toi ? Morgane a-t-elle réactivé son réseau de relations ?

— Elle s'est vraiment démenée, elle a sondé beaucoup de contacts, de confrères, de personnes qu'elle pensait pouvoir être proches. Rien. À croire qu'il n'avait pas d'amis, et pas plus de réelle vie sociale. Et que toutes ses apparitions, ses sourires, ses petits gestes complices n'étaient que des leurres.

— Je confirme, il nous a bien bernés. Tous. Et ses lecteurs finiront par s'en rendre compte si nous n'y mettons pas un terme. Mais, je suppose que si nos autres pistes avaient fonctionné, tu m'en aurais immédiatement informé.

— C'est exact. Malheureusement, aucune n'a débouché sur le moindre début d'indice. Déjà, lorsqu'il était présent, ses voisins n'avaient quasiment pas de contact avec lui, alors désormais, suite à sa mutation dans l'univers des fantômes... Son ex-femme, elle, paraît avoir rejoint une galaxie similaire, mais bien avant, et en tout autre compagnie que la sienne ; les riverains de son quartier nous ont affirmé qu'elle filait le parfait amour avec un inconnu, avec qui elle a soudainement disparu un matin, sans prévenir quiconque, notre Beauregard continuant à nous rendre régulièrement visite à cette époque-là. En désespoir de cause, nous nous sommes rabattus sur ses vieux parents. Même discours que chez la fille, avec en prime, dans les yeux résignés de la maman, des regrets sincères de ne pas connaître le lieu où il se trouve lorsqu'il l'appelle, encore plus lorsqu'elle affronte sa détermination à ne rien lui livrer, les quelques fois où elle a essayé de le mettre sur le grill.

— Ils ne sont pas parvenus à apitoyer La Poste pour la réexpédition de son courrier ?

— Non Monsieur, les consignes sont les consignes, les règles sont les règles, sans procuration, pas de procuration, et la procuration vous savez... je ne peux rien pour vous.

— Toujours aucune inflexion chez nos experts du secret ?

— Aucune. Et je doute que cela ne change.

— Que nous reste-t-il alors ? Nous n'allons pas nous compromettre dans le ridicule d'un avis de recherche ? Les uns et les autres sont briefés pour nous contacter, les plus proches voisins en premier rang — avec les inévitables incitations financières nous assurant de leur réactivité et de leur plus grande discrétion — mais le gibier se prêtera-t-il à la battue ? Je crains que non. Engager un détective privé qui maîtrise mieux les rouages de ce que nous avons pu tenter ? Comme c'est glauque d'en arriver là...

— Oui, glauque, mais hormis ce recours, j'ai bien peur que, sinon, tu ne doives attendre très longtemps après le hasard d'une réapparition soudaine de sa part dans ton paysage visuel...

— Bravo, Monsieur de Beauregard ! J'enrage de vos exploits à notre encontre, mais il me faut admettre que votre évanouissement dans la nature est une merveille du genre. Si une quelconque forme de lassitude venait à vous gagner au cours de votre nouvelle vie, n'hésitez pas à vous tourner vers les services spéciaux, ils vous tendent les bras...

Bon, glauque ou pas glauque, nous n'avons pas le choix, sans notre tête de gondole, nos perspectives, nos projections pourraient se révéler quelque peu chahutées. Tu m'engages un détective privé. Mais tu me prends le meilleur s'il te plaît, je ne lésinerai pas sur les moyens, l'objectif est clair : échec interdit et résultats impératifs.

Vous avez voulu jouer, Monsieur de Beauregard ? Apprenez
que l'on ne se débarrasse pas de moi ainsi. Et, qu'en conséquence, je n'ai pas encore prononcé mon dernier mot.

---

*Je t'ai cherchée dans les rues,*
*Dans les cafés.*
*Même tes amis n'ont pas su*
*Me renseigner*
*(Jean-Pierre Mader)*

# Chapitre 16

*Je sais ce que je ferais si l'on m'annonçait la fin du monde pour dans 10 minutes*

*(Cali)*

— Kali, viens là mon chien.

Mon vif et flamboyant border collie s'ébrouait dans de vastes pâturages qui ne semblaient lui opposer aucune limite, à l'image de ses cercles de plus en plus larges, de plus en plus innovants, dans des horizons de plus en plus improbables, tantôt sprintant, tantôt marquant l'arrêt, puis bondissant après les nombreuses colonies de papillons multicolores qui les peuplaient.

— Tu es infatigable, toi, dis-moi.

À ma seconde intervention, il avait accouru chercher son lot indispensable et régulier de caresses.

— Et ce regard, ce regard que tu as.

Mon nouveau compagnon me dévisageait, les yeux remplis d'un amour absolu, avec sa bouille si craquante de peluche, son œil au beurre noir façon panda, très précisément entouré de l'exacte dose d'eyeliner blanc.


La solitude n'étant pas mon amie, et l'osmose ne se révélant finalement pas tout à fait totale entre Cris et moi — une différence notable demeurant au sujet des animaux de compagnie —, je n'avais pas hésité une minute avant de m'offrir ce bonheur trop longtemps refoulé. Mon désir de chien remontait effectivement à très, très loin dans les pages de ma propre histoire, l'existence que nous avions menée ne nous ayant pas aidés à franchir le pas depuis.

Enfant, j'adorais rendre visite, avec mes parents, à une vieille tante et à un vieil oncle. Oh, en toute franchise, pas pour l'immense joie de me trouver en leur compagnie, même si j'appréciais bien ma tante, mais pour le plaisir de profiter de leur chienne noire : Kali. Sans doute, à cette époque, le futur chanteur usait-il comme moi ses culottes courtes sur les bancs de l'école, en tout cas le nom de cette boule de poils ne lui devait rien. Aussi, à l'heure de baptiser la mienne, je ne songeais pas à l'artiste mais à cette brave chienne avec laquelle j'avais vécu tellement d'agréables moments ; et même plus que je ne pouvais l'imaginer lorsque j'avais sept ou huit ans, car ma vieille tante avait également joué le rôle de nourrice dans ma vie, Kali veillant en fait sur ma personne depuis ma plus tendre enfance.

Kali, c'était une évidence.

— La même intelligence aigüe, la même lecture innée et millimétrée dans le livre ouvert des pensées et sentiments de son maître.

Ainsi bien escorté, j'avais pris la direction de la vallée de Chaudefour, dans le massif du Sancy. L'Auvergne, mon expérience de Royat m'avait insufflé des envies d'y retourner et d'approfondir avec les attraits de cette séduisante région. Pas dans la ville de mes grands-parents, je m'étais promis de la leur laisser. Mais ce que j'avais pu apercevoir de la Chaîne des Puys m'avait ouvert des perspectives alléchantes en termes de beaux espaces et de visions assez uniques. À défaut d'avoir pu mener à bien mon rêve de GR20, j'avais décidé de me rattraper sur d'autres sentiers escarpés, largement dignes d'intérêt.

Une présence, une saine et importante activité, un lieu désiré, peut-être allais-je enfin parvenir au point d'équilibre ?

Très vite, j'avais eu le pressentiment que cet environnement pourrait m'aider à l'atteindre, dès mon approche vers le « fjord » de Murol, avant même de surplomber son promontoire entouré de chapelets de cônes et de cratères en arrière-plan, lorsque la route départementale vallonnée m'y amenant m'avait proposé tantôt la vision de prairies bigarrées d'épilobes, de carottes sauvages et de rhinanthes crête de coq, tantôt la promesse d'aspérités et de flancs à venir,

Ma bonne étoile ayant conduit ma recherche numérique sur les traces d'un paisible et charmant buron — avec une jolie couverture en ardoise — sur lequel j'avais jeté mon dévolu, je me considérais comme paré en conditions optimales pour un excellent séjour. Un toit en ardoise, petit clin d'œil à Cris et à son accueillante région normande — plus féminin, plus raffiné, plus à mon goût aussi que des tuiles.

Au sein de ce lieu chaleureux, avec les montagnes en toile de fond, je m'étais effectivement régalé avec mon nouvel ami né sous le signe du puits sans fond à débordement d'affection.

— Nous avons une fière allure, nous formons un beau couple avec tu ne crois pas ?

Mes petits matins s'étaient à nouveau révélés mes instants préférés, aux prémices du réveil de la nature. Les odeurs d'herbe fraîche d'abord, les chants vivifiants des torrents ensuite — le bruit de l'eau cristalline sur les galets —, les premières sonnailles des troupeaux s'ébrouant de leur repos nocturne, le reste de la généreuse faune d'altitude leur emboîtant bien vite le pas, les riants rayons du soleil levant qui commençaient à balayer l'adret et à réchauffer les marcheurs. Ce calme, cette atmosphère, cette impression d'infini, quelle cure de jouvence ! Grâce à ces matins, j'avais eu le privilège de pouvoir rééprouver exactement les mêmes sentiments de bonheur si simple que lorsqu'enfant je courais, dès potron-minet, après les marmottes dans le vallon du Lauzanier, le long de l'Ubayette, les têtes de joubarbe ou les tapis de linaigrette cotonneuse aux aguets, avec les Alpes comme décor et mes parents comme complices, au cours de ces randonnées que j'aimais tant.

— Tu as vu ce groupe de promeneurs, ils étaient très sympathiques non ? [...] Non ? Oh, tu peux toujours jouer au chien « détaché » tu sais, tu ne me tromperas pas, j'ai bien remarqué

Ne m'étais-je pas, tout simplement, construit une montagne d'illusions ? Le reverrais-je seulement ?

— Le petit étudiant passionné hier, ce jeune couple ce matin, ce groupe de randonneurs à l'instant. Une brebis égarée de loin en loin, et puis…

Et puis cet orage…

~~~

*Ça s'en va et ça revient,*
*C'est fait de tout petits riens*
*(Claude François)*

~~~

Ça s'en « re-va » et ça s'en « re-revient », et ça ne me fait pas du tout rien, et ça sonne nettement moins bien, mais c'est réellement ce que je ressens face à ce tonnerre et ces éclairs qui tournoient au-dessus de nous, qui aimantent totalement mon esprit. Je les suis, ils s'en vont, ils reviennent, je ne m'en détache pas, je suis leurs vagues brisées sur la jetée, je les précède même souvent. Je tente de rêver au bonheur de la délivrance lorsqu'ils paraissent baisser en intensité quelques secondes, mais il est de courte durée, très vite gâché, les deux compères repartent de plus belle, reprennent possession de moi, de mon cerveau, de ma zone que je croyais de confort, comme sous un ciel bombardé par l'aviation ennemie. Sauf que je ne distingue pas d'avion et pas de bombardement, enfin si, en technicolor en plus, les lumières en prime. J'attends à tout moment que ce ciel se craque en deux, en trois, en mille morceaux, j'ai l'impression que c'est ce qu'essaie de me promettre Monsieur Tonnerre avec ses horribles roulements de tambour et ses grondements énormes. Et puis la pluie, douce au début, qui accélère en suivant le balancier incessant de ses deux chefs d'orchestre, elle accélère encore, et encore, toujours plus fort — c'est que le début d'accord, d'accord —, ce n'est plus de la pluie, c'est de la grêle, et sur les lauzes — bizarrement un peu moins féminine et raffinée, ma vision de la toiture ce soir —, son bruit assourdissant et entêtant qui vous transperce mentalement rajoute au malaise, toutes ces balles de tennis en armature de béton qui vont bientôt en venir à bout et nous fracasser. Le buron aide bien les deux cerbères orageux dans leur quête de notre angoisse, il se transforme en gigantesque caisse de résonance et en « mégaamplificateur » d'un ciel qui n'en manque déjà pas. Kali est affolé, il ne tient pas en place, mon pauvre chien, impossible de le calmer. Je suis en train de vivre mon petit instant d'apocalypse à moi. On m'avait bien prévenu. Les orages, en montagne…

— Tu me donnes toute ton affection, n'est-ce pas, mais tu ne me parles pas tant que ça.

Cet orage avait été le révélateur, il avait remonté à la surface de mon centre névralgique de commandement des évidences que je m'étais trop longtemps cachées : ermite, navigateur, explorateur polaire, gardien de phare, berger, il ne fallait absolument pas que je m'engage dans ces voies-là, elles n'étaient pas du tout faites pour moi. Je devais admettre que je n'étais définitivement pas ascendant solitaire. Mon idéal comprenait des humains — même si Kali avait été extraordinaire —, qu'ils s'appellent Cris ou non, et des relations humaines surtout ; un besoin évident de construction, je devais réaliser pour m'épanouir ; une densité raisonnable d'habitations, d'environnement urbain. J'avais éprouvé trois endroits splendides où j'avais obtenu la liberté des paysages et des espaces, mais, même les plus beaux n'étaient pas suffisants pour me combler, d'autres ingrédients m'étaient indispensables. Et mon chien fantastique, ou l'intemporelle Layla — que je m'étais parfois offerte comme fond musical pour former la bulle parfaite — n'étaient pas ceux-là.

---

*Pourtant, que la montagne est belle*
*(Jean Ferrat)*

# Chapitre 17

*Le soleil a rendez-vous avec la lune*
*Mais la lune n'est pas là et le soleil l'attend*
*Papa dit qu'il a vu ça lui...*
*(Charles Trénet)*

— Comment vas-tu ma grande ?

— Très bien. Et toi papa ?

— Impeccable. Je voulais te demander, Elsa, est-ce que ta proposition tiendrait encore, est-ce que tu hébergerais ton vieux père chez toi quelques jours ?

— Mais bien évidemment ! Je ne comprends même pas que tu me poses ce genre de question. Donc, comme ça, tu as abandonné ton périple, tu as mis fin à tes idées de tour du monde ?

— Non, pas précisément. Disons qu'une pause m'était nécessaire, la proximité de mes proches aussi.

— Mais si ton bienveillant éditeur venait à surveiller notre maison ?

— Ils n'ont pas été jusqu'à engager un détective privé tout de même ?

— Non, je ne le crois pas effectivement. Tu n'es donc pas inquiet de ressortir à découvert ?

— Pas le moins du monde.

— Alors, si je peux me permettre un conseil, tu ne devrais pas trop tarder à aller rendre une petite visite à Mamounette. Ton escapade incognito l'a pour le moins perturbée.

— Je leur ai pourtant donné des nouvelles régulières, à elle et à Papy ?

— Te situer dans l'inconnu peut s'être avéré plus compliqué à leur âge qu'au mien.

— J'ai saisi, promis, je vais me rattraper. Dès demain, ils pourront serrer leur fils en chair et en os dans leurs bras.

[…]

— Avant d'échanger ma dose d'amour filial, tu vas trouver que j'abuse, mais j'aurais une question délicate à te poser sur un tout autre sujet.

— Délicate ?

— Un peu. Je me lance ?

146

— Je suis prête, lance-toi.

— Est-ce que Romain a déjà développé des allergies, de quelque nature qu'elles soient, aux poils par exemple ?

— Non, pas du tout. Elle n'est pas forcément délicate ta question, papa, bien étrange par contre.

— Tu m'accordes cinq minutes ?

— Tout le temps qu'il te faudra, si tes mystères s'éclairent ensuite.

— Ils vont s'éclairer.

Cinq minutes étaient largement suffisantes pour libérer Kali, confié au chauffeur de taxi qui avait accepté de me conduire. Dès son apparition sur le trottoir, j'avais vu le visage d'Elsa s'illuminer.

— Comme il est mignon !

— C'est ce que je pensais aussi, mais je n'osais pas trop me l'avouer.

— Oh si, tu peux ! Comment il se nomme ce beau chien ?

— Kali.

— Comme le chanteur ?

— Non, avec un K.

— Une signification particulière ?

— Non, c'est le nom d'un fidèle compagnon qui a accompagné une partie de ma jeunesse.

— Ah d'accord. Et le chanteur alors ?

— Oui, j'aime bien aussi. En ce moment, je le baptiserais plutôt Cris si je m'écoutais.

— Cris ?

— Oui, tu te souviens dans le supermarché, mon idole de jeunesse…

J'avais conté à Elsa toute mon aventure avec Cris. Je n'avais surtout pas omis de lui parler du manque, des doutes survenus peu à peu sur la réalité de notre histoire, et de... l'appel sous l'orage... que je n'avais pu capter que l'espace furtif de quelques secondes, sans entendre sa voix. Appel qui avait également contribué à précipiter mon retour. De la même manière, elle savait tout sur son silence absolu depuis. En Normandie, lorsque j'évoquais nombre de nos points communs, je n'avais pas cité nos silences communs. Et pourtant... Mais là-bas, leur symbolique était toute autre, signe d'un lien invisible que je supposais puissant.

~~~

*Saudade, ouh, yeah...*
*(Etienne Daho)*

~~~

— Oh là papa, tu nous la « rejoues » comme dans un de ces films mélodramatiques où les héros, souvent amoureux, s'éloignent, se tiennent volontairement à l'écart l'un de l'autre, afin que les spectateurs vibrent le plus possible, avant l'inévitable happy end. Tu devrais aller le voir, qu'est-ce qui t'en empêche ? Tu n'es pas timide ? Tu ne vas pas rester comme cela, ce n'est pas toi d'attendre ainsi, tu vas ressasser, tu ne vas rien y gagner. Tu n'es pas un enfant, vous êtes deux adultes, tu n'as pas à avoir peur.

— Je ne veux pas qu'il croie que je le harcèle.

— Tu lui as laissé suffisamment de temps, tu n'as pas empiété sur sa construction. Et puis, tu seras fixé au moins. Que risques-tu ? Une déception ? Peut-être, mais sans explication, c'est encore pire. Et quand bien même, tu as un vécu avant Cris ? Tu vivras après.

---

*Philosophes écoutez cette phrase est pour vous*
*Le bonheur est un astre volage*
*Qui s'enfuit à l'appel de bien des rendez-vous*
*(Charles Trenet)*

# Chapitre 18

*On dit, que ce monde a la nausée*
*Qu'il n'est pas fait pour les fées*
*(Rose)*

Fort des bons conseils d'Elsa pour éviter le prix du plus mauvais mélo de l'année, et considérant inutile de rajouter encore du temps à tout ce temps déjà perdu, rarement valise n'avait été bouclée aussi prestement, avec néanmoins tout le nécessaire pour profiter de la côte normande. À l'issue d'une conduite tout aussi sportive — démarrée cependant après un très court, mais nécessaire, temps d'adaptation à l'improbable Citroën C3, ultra-printanière, prêtée par ma fille, décor marguerite sur coloris vert gazon —, j'avais atteint mon but en un temps record. Ce faisant, je m'étais senti comme revenu à mon point de départ.

Je me retrouvais devant chez Cris, dans le même état d'esprit que le premier jour au supermarché, tel un petit garçon. Je contemplais depuis quelques minutes, sans parvenir à m'en détacher, ses magnifiques massifs d'hortensias, auxquels d'élancées roses trémières et de coquettes agapanthes apportaient une élégante compagnie. Je n'osais pas avancer.

Cris avait dû m'observer. C'est lui qui sortit à mes devants.

— Ah, Didier ! Qu'attends-tu là, depuis tout à l'heure, le regard noyé dans tes pensées ? Entre, mon ami !
— Tout va bien ?
— Absolument. Pourquoi en serait-il autrement ?
— Rien de particulier vis-à-vis de moi ?
— Mais non, voyons, quelle question ? J'ai bien reçu tous tes messages, mais j'étais en prise avec des passages introspectifs forts en émotion qui me réclamaient une énergie importante, et que je souhaitais affronter seul. Lors d'un petit creux dans mon récit, j'ai essayé de te rappeler, il y a quelques semaines, mais, ce jour-là, j'ai connu un problème inexpliqué sur la ligne. J'ai donc décidé de reporter au lendemain, et puis l'écriture m'a de nouveau happé. J'imaginais que tu avais

largement de quoi t'occuper sans te soucier de moi. Ne me dis pas que je t'ai manqué ?

Je savais pourtant. J'étais à peu près équipé du même logiciel. J'avais copieusement pratiqué de la sorte durant mes propres périodes de création. Et puis, je ne pouvais pas lui reprocher d'avoir scrupuleusement respecté les précautions que je lui avais délivrées. L'homme a parfois l'art de se créer et de s'autoalimenter de beaux « sacs de nœuds au cerveau » qui n'ont aucune raison d'être, en suivant le mauvais fil du mauvais signal — ou d'absence de signal — du mauvais pressentiment. Et de mauvais indice en mauvais indice…

— Tu veux la vérité ?
— Évidemment !
— Alors oui. Mais prépare-toi à une sorte de choc en terme d'intensité, si tu ne me croyais que légèrement, voire pas du tout accro. Parce que, si seulement tu ne m'avais manqué qu'un peu... Je dois plutôt te confesser, à ta grande surprise je le comprends bien, et à la mienne également, que je me situais nettement plus en zone « beaucoup ».
— Ma foi, quelle déclaration ! À mon âge ! Tu me touches, là, Didier. Sincèrement. Et, en même temps, je suis aussi terriblement désolé, aveuglé que j'ai été par mon erreur de jugement et absorbé par le flot continu de pièces du puzzle à assembler, d'idées nouvelles à intégrer dans le cadre de ce projet si prégnant et stimulant. D'ailleurs, quelle magnifique inspiration tu as eu là de m'inciter à me livrer ! Même si les chaleureux remerciements que je m'apprêtais à te formuler mériteraient désormais de tutoyer le niveau des excuses que je te dois. À ce sujet, j'ai une suggestion à te faire, ne préférerais-tu pas l'intérieur pour ce mea-culpa ? Ne serions-nous pas mieux ?
— Nos préliminaires m'ayant complètement tranquillisé, oui, bien sûr, avec plaisir.

— Quel bonheur de te revoir !

Cris était tel que je l'avais laissé, prolixe, empli d'entrain et d'enthousiasme. Après un telle somme de doutes, aspiré par le fort ascenseur émotionnel de notre amitié, le bonheur était amplement partagé.

— Tu tombes à point nommé, j'ai un cadeau pour toi.

Devant moi se tenait l'objet tant convoité... son manuscrit. Un immense sourire irradiait le visage de Cris.

— Puis-je m'y plonger sans plus attendre, ne vas-tu pas me juger trop malpoli, le prendre comme un manque de respect à ton égard ?
— Et toi, m'autorises-tu à te dire que tu me fatigues avec tes questions à tiroir, longues et croisées ? La première amène un oui franc et massif, les deux suivantes un non marri, pour peu qu'elles soient dignes de recevoir une réponse. Enfin, si m'y abaisser pouvait me permettre de progresser un peu sur le chemin de ton pardon...
— Il me semble que, sur le strict plan de l'indignité, nous voici donc à égalité, avec cette remarque incongrue dont je ne saisis pas le sens sur le pardon. Merci Christophe, j'avais et j'ai tellement hâte.

~~~

*On vous souhaite tout le bonheur du monde*
*Et que quelqu'un vous tende la main*
*(Sinsémilia)*

~~~

J'avais raison d'avoir hâte. J'avais dévoré ce premier livre de Cris. Il m'avait littéralement retourné et laissé pantois. Quel

154

choc ! Jamais, même dans mes rêves les plus insensés, je n'aurais pu imaginer cela, ce type de contenu, ce sujet aussi fort. Nous étions en effet bien loin des « pavés » généralement « commis » sous le nom d'artistes du star-system. Rien sur son enfance, rien sur son arrivée au firmament, pas plus de trace d'une éventuelle amourette secrète ; mais, sur ces trois thématiques, je n'avais que très peu de doutes avant lecture, au vu de nos précédents échanges. Nous ne trouvions, par contre pas, non plus, de critique acerbe sur le milieu du disque, d'intrigue avec des grands de ce monde ou même de fascination pour telle ou telle célébrité. Ce manuscrit était une bombe. Mais une bombe sous aucun des angles que j'avais pu envisager. Une bombe oui, une bombe humaine... je la tiens dans ma main, j'ai le détonateur juste à côté du cœur.

— Tu as donc eu des enfants ! Et tu leur as donné largement autant d'amour qu'aux tiens. Quel père ! Quel cœur ! Peu de personnes se seraient engagées comme toi. Chapeau bas Monsieur Christophe.

— Tu sais, je n'ai rien réalisé d'exceptionnel Didier, c'est à la portée de tout un chacun je crois.

— Y compris avec beaucoup de moyens — dans ce monde où l'égoïsme et les intérêts personnels me paraissent chaque jour progresser un peu plus, les frémissements d'une éventuelle inversion de tendance que pourrait amener la jeunesse actuelle me semblant encore trop lointains — je suis convaincu du contraire, et c'est d'autant plus admirable.

— Lorsque j'ai rencontré Ugo, c'était une évidence.

— Tu as de bien belles évidences en tout cas. Lors de ma première en Normandie, ce sont eux qui te manquaient tant en fait ?

— Non, non, avec eux je communique très régulièrement, via Skype ou autre. Non, j'aurais vraiment adoré construire, façonner, forger le caractère, la personnalité, l'esprit de mes propres enfants, à partir de mes valeurs, de mes principes, de mes fondamentaux. Là, je me suis contenté d'essayer d'en réparer certains. Était-ce une bonne idée ? Y suis-je parvenu ?

— Incontestablement ! Je m'aperçois que je ne suis pas le seul à poser des questions absolument indignes ! Ou à prononcer des mots qui le sont tout autant. « Contenté »… Oui, tu as fortement dû les contenter je pense. S'il a lu ton livre, je présume qu'il t'a d'ailleurs déjà répondu sur son contentement. Il l'a lu n'est-ce pas ?

— Oui, bien sûr, je lui ai envoyé. Ne pas le lui soumettre aurait été inconcevable. Je l'ai écrit pour lui, pour eux, pour les futurs. Pas pour moi, surtout pas pour moi.

— Et alors, quel a été son ressenti ? Comment a-t-il réagi ?

— Il a aimé la manière dont je l'ai raconté. Il n'aurait pas forcément apprécié que ce soit quelqu'un d'autre qui s'en empare un jour. J'ai son accord moral.

Le fil de nos conversations à l'infini s'était instantanément renoué.

— Tout de même… quelle histoire ! On s'en doute fatalement un peu vu de l'extérieur, mais là… Au moins, chez nous, le livre n'est pas retenu mais nous ne te faisons pas rêver de gloire, nous ne te donnons pas d'espoirs aussi fous, nous ne t'exposons pas autant. Là, ces jeunes chanteurs passés par la téléréalité, ces seconds, ces troisièmes, tous ceux qui n'ont pas eu la chance de se voir proposer de défendre leur voix ou leur musique sur un album à leur nom… Ils étaient frais, passionnés, pleins d'espérance. Ils avaient du talent, on le leur avait dit, on le leur avait montré, on les avait incités à le croire. Ils ont été pris dans un tourbillon très agréable, ils se sont laissé porter, ils se sont vus arriver, ils ont eu l'impression de devenir quelqu'un, et puis… la spirale inverse, quasi immédiate, plus personne pour les aduler, pour les suivre, ne serait-ce même que pour se souvenir, une descente sans fin, une disparition inéluctable dans les abîmes. La tornade infernale que nous évoquions pour les anciennes stars, mais avec une déflagration tellement plus étourdissante.

— Je ne dois pas m'être si mal débrouillé que cela, tu as exactement saisi le fond de ce que je tenais à exprimer et à délivrer.
— Et tu poursuis dans l'indignité des mots. Heureusement que j'ai exactement saisi, tout est juste dans ton manifeste pour ces jeunes chanteurs cassés, ton titre en premier lieu. Réfugié poétique, difficile de trouver mieux concernant Ugo. Il avait tout perdu psychologiquement, qu'il s'agisse de ses repères, de ses aspirations les plus intenses ou de ses perspectives d'avenir. Tu l'as recueilli, tu l'as épaulé, tu as reconstruit doucement ce parolier à la finesse et à la poésie ancrées si puissamment en lui.
Quelle force dans ton récit, dans ces tranches de vie incroyables, quelles jolies personnes tu as accompagnées, quelle sensibilité pour dépeindre toutes tes belles œuvres à leur service ! Je disais quel père, oui, quel père pour tous !
Même si un fils préféré semble se démarquer rapidement, je ne me trompe pas ?

— Non, tu es dans le mille. Je les aime tous, mais Ugo c'est particulier, c'est vrai. Il a été le premier, à une époque où les comédies musicales n'étaient pas si répandues, n'offraient pas autant d'opportunités de « recyclage » qu'aujourd'hui. Avec Ugo, une fois passé mon sas de décontamination — où je lui ai accordé tout le temps qui lui était nécessaire pour faire le vide —, nous avons égrainé des heures et des heures à examiner ses possibles nouveaux choix de vie, où il souhaitait désormais se projeter au plus profond de lui. Nous ne savions pas trop où nous allions. C'était inédit pour moi aussi, mais ce sont ces échanges qui ont créé des liens indéfectibles entre nos deux personnes.

Ils m'ont également servi à bâtir les bases de ce que j'ai reproduit avec ses frères et sœurs de gloire éphémère que j'ai pu accueillir après.

Cette étape délicate réglée, je maîtrisais en effet parfaitement la suite, il me suffisait de contacter une de mes nombreuses relations pour réaliser très facilement leurs options. Pour Manon, pour Emma par exemple, mon carnet d'adresses s'est révélé un précieux avantage.

Ugo, nos longs moments d'interrogations sur ses envies évacués, ayant trouvé son lieu à la fois idéal et improbable où l'on ne parle quasiment pas français et très peu de France, avec ou sans moi, il aurait pu mener à bien sa recherche d'un contrat où il a le libre choix sur les univers musicaux qu'il revisite en chansons, avec hôtel de luxe et îles paradisiaques en forme d'addendum sine qua non. Je ne lui avais été d'aucune utilité supplémentaire pour qu'il puisse, en parallèle, continuer son écriture de superbes textes, dont j'ai le privilège qu'il me gratifie régulièrement, textes que je lui garantis sous signature anonyme.

Manon, sans relation, j'aurais eu un mal considérable à l'aider à décrocher son poste d'assistante de cet immense producteur de grandes stars internationales. Enfin, elle est ravie, importante dans son milieu, au cœur même de son graal, elle vit pleinement son mythe. En prime, tous les soirs, elle fait le bonheur d'une petite troupe de gospel, tout en prolongeant avec la joie de chanter qui est la sienne.

Ouvrir les portes de la télévision japonaise à Emma — elle qui était fascinée depuis sa plus tendre enfance par le pays du soleil levant —, et lui permettre de devenir chanteuse en son sein pour agrémenter, entre autres, nombre de films d'animation, de dessins animés ou de mangas, sa galaxie absolue, sans mes avantageuses connaissances, j'aurais également échoué. Elle nage dans un généreux courant d'allégresse, je crois.

À la seule idée d'envisager ses petits protégés comblés, il était évident que Cris s'y baignait aussi intensément qu'eux.

— Quelle passion lorsque tu les décrits, Christophe ! C'est avec cette passion, qui transpire de ton livre, que tu vas immanquablement toucher le lecteur, autant que tu m'as touché avec ces beaux portraits de beaux jeunes gens. C'est inévitable. Ton ouvrage est en outre puissamment armé pour déclencher l'indispensable prise de conscience et frapper les cibles qu'il est légitimement en droit d'atteindre.

— S'il pouvait…
Mais, ne nous égarons-nous pas un peu trop sur l'autel des compliments Didier ? Parce que pour y parvenir, justement, nous avons du travail devant nous il me semble, des points à reprendre.
— Il te semble assez mal cette fois-ci. Je l'ai lu à deux reprises, je ne vois rien à modifier, il est parfait. Tu te souviens de mes affirmations sur ton style ? Tout y est.
— Il va convenir à ton éditeur ?
— J'en suis persuadé.
— Pourtant, la première version d'un manuscrit contient bien toujours des parties à retoucher ? Encore plus s'agissant d'un nouvel écrivain.
— Pas pour « Réfugié poétique », si je me fie à mon humble expérience. Ce que je te propose, c'est de le lui transmettre et d'attendre tranquillement ce qu'il pourrait en dire. Ou pas.
— Si je te suis, c'est l'étape difficile qui va se dresser maintenant devant toi, tu vas devoir le croiser pour le lui remettre.

— Pas du tout. Comme tout un chacun, il est équipé d'une adresse email. Sachant que la principale vocation de celle-ci, comme tant d'adresses email dans le monde, est d'être destinée à recevoir des messages et des pièces jointes… Idéal, nous ne pouvions rêver mieux. Un clic, un envoi et le tour est joué, il sera trop heureux. Et peu lui importera le mode de communication par lequel il l'aura reçu. Lorsque notre poisson sera ferré, je lui répondrai sans m'étendre sur la validation des épreuves, sur la couverture et la quatrième de couverture, sur son plan de distribution, sur sa conférence de presse de lancement, et il suffira de patienter jusqu'au grand jour. Nous avons à faire à un professionnel très aguerri, il se débrouillera tout seul, aucun souci.

— Tu es en train de m'annoncer que nous disposons donc d'un joli pactole de temps pour nous ?
— Exactement.
— Raconte-moi alors, ces escapades ?

— Avant mes escapades, si tu me le permets, j'ai moi aussi une révélation à te délivrer, toi qui viens de me confier, si brillamment, l'existence de tes enfants secrets. Comparativement, je vais certes te décevoir, mais… Devant tes infidélités, je me suis offert un second meilleur ami. Lui n'a absolument aucune capacité à écrire, pas même à tenir un stylo. Il va sur ses huit mois aujourd'hui. Mais, rassure-toi, je me suis organisé pour une garde alternée.
— Merveilleux, tu as toute ma gratitude. Inutile de me le présenter, je ne suis pas jaloux, j'ai totalement confiance dans tes choix avisés en la matière. Je comprends, tu cherchais un modèle pour ton prochain roman sans doute…

La nuit promettait d'être longue.

---

*On n'avait pas appris à marcher*
*Que déjà on tombait*
*On n'avait pas appris l'enfance*
*Que déjà on grandissait [...]*
*On n'avait pas appris l'aisance*
*Qu'il fallait tout quitter*
*(Raphaël)*

# Chapitre 19

*J'ai accepté par erreur*
*Ton invitation*
*(Louise Attaque)*

*Un jour pas comme les autres*

— Il s'est rendu à plusieurs reprises dans une vaste demeure en Normandie.

— Quel timing ! Efficacité absolue ce détective.

— Il n'a pas pu découvrir qui était son hôte par contre. Aucun nom, le voisinage est resté mutique.

— Qu'est-ce que je disais ! Nous voici bien avancés. Je n'en attendais pas moins de lui. Je ne doutais pas que nous avions embauché une véritable graine de champion. Pourtant, nous y avons mis le prix. Enfin, l'essentiel est que le livre de Didier soit là. S'il pouvait lui aussi se montrer désormais, ce serait parfait. Mais nous nous débrouillerons également de l'écrivain fantôme si nécessaire, pas de difficulté.

*Ils sont venus, ils sont tous là. Il a admirablement réussi son assemblée avec tout ce que Paris compte en sommités du monde des critiques, le panel suprême. Tous affichent le même sourire satisfait. Les uns à propos de ce qu'ils ont lu, lui dans l'optique du bon accueil que leur lecture va lui procurer. Comme toujours, il a prévu l'exact buffet pour les choyer, une fois le show achevé. Pas besoin, ils paraissent avoir adoré — qui n'adorerait pas —, rien pour enrayer une machinerie si bien huilée vers le succès. Cependant, au moment où le champagne s'apprêtera à couler à flots, je lui prédis une belle soupe à la grimace...*

— Ne cherche plus pour la Normandie, regarde qui l'accompagne : Cris Franck.

— Son coach ?

— Peut-être. Son coach ou son déclencheur d'inspiration. Peu importe, je lui érigerais bien une statue.

— Viens Didier, viens là, avec nous.

164

*Allez, un petit effort, le devoir m'appelle. Après tout, une petite poignée de main est bien moins engageante qu'une grosse discussion. Et puis, si je veux du spectacle, c'est ici que je dois me trouver, sur l'estrade et nulle part ailleurs. Ne pas trop en dire, répondre avec des monosyllabes, tenter de demeurer très neutre pour repousser le plus possible le feu d'artifice. Idéalement dans les cinq dernières minutes, mais cela sera-t-il faisable ?*

— Mesdames et Messieurs, Didier et moi-même tenions à vous remercier de votre présence pour cette présentation de « *Réfugié poétique* » [...]

*Oui, mesdames et messieurs, mille mercis de votre présence, et n'hésitez surtout pas avec toutes vos questions gênantes, je vous en sais gré par avance. D'ailleurs, ce monsieur désire ouvrir le bal il me semble ?*

— Je ne trahirai pas un énorme secret, qui ne le resterait de toute manière pas longtemps, et je suis persuadé que mes collègues ne m'en voudront pas.

*Gabriel De Cadeinas, une éminence dans le circuit, mais où est-il donc parti avec toutes ces circonvolutions ?*

— Sachant qu'ils vous l'exprimeront largement à leur tour ensuite et développeront leurs propres arguments.

*Je confirme, toutes ces précautions sont inhabituelles et étonnantes, même si le monsieur aime bien se mettre en valeur.*

— Pour avoir confronté nos avis avant le début de cette conférence de presse, ce livre appartient, sans conteste, à vos meilleures productions.

Cris n'en revenait pas : « Didier avait raison. Même les plus illustres critiques n'imaginent pas qu'il puisse être écrit par une autre main que la sienne... incroyable. »

— On nous taxera probablement de complaisance, de connivence — nous en avons l'habitude —, mais nous n'allons pas minorer notre ressenti pour donner une pseudo-impression d'impartialité. Et cette unanimité me paraît au contraire un important gage de sérieux et de qualité, d'où cette longue incise initiale. Pour ma part, hormis que l'histoire, pardonnez-moi l'expression, est une sacrée claque — mais d'autres s'étendront sur le récit — que vous prouvez à nouveau, s'il en était besoin, votre capacité à vous renouveler...

*S'il savait...*

— Mais là encore, d'autres collègues s'en ouvriront à vous, moi, ce qui m'a véritablement marqué, c'est le style, le recours à la narration et le réalisme, la force dégagés, la puissance avec laquelle on y croit, avec cet Ugo plus vrai que nature. Vous ne vous étiez jamais essayé à la narration jusqu'alors, et celle-ci se révèle d'une extrême justesse. Aussi, j'ai deux questions à vous poser : qu'est-ce qui vous a poussé à utiliser cette figure de style ? Et surtout, quels arcanes pour l'avoir rendue si précise ?

*Il s'en trouve toujours un de plus affûté que ses voisins. Et, par malchance, le nôtre ambitionnait ardemment de commencer. Il a tout résumé, ce critique, et tout découvert également. Les arcanes... Nous y voilà... Il va savoir... Pas moyen d'attendre les cinq dernières minutes, tenir avec des oui et des non, je n'y arriverai pas. Toutes ses précautions oratoires me servent finalement. Malgré mes aveux à venir, elles m'assurent des avis communs et forts qui ne se retourneront pas. Désolé, Jean-Roch, je vais devoir un tantinet bouleverser l'ordre du spectacle, Monsieur De Cadeinas m'ayant contraint à débuter par le bouquet final. Mais tu vas apprécier, quoi qu'il advienne. Et puis, ainsi, Cris pourra s'exprimer et répondre à leurs attentes.*

— Je vous dois une confession. Ce livre n'est pas correctement sous-titré. Vous êtes en effet davantage en présence d'un ouvrage de la famille des biographies que face à un roman. Je suppose qu'ils sont sous presse Jean-Roch, prêts pour une mise en rayon imminente ? Pas d'inquiétude néanmoins, il suffira de rajouter un joli bandeau, il n'est affaire que d'un point de logistique particulièrement éprouvé et rapide. Tu le rajouterais bien volontiers si nous obtenions un prix, n'est-ce pas Jean-Roch ?

*Oh le regard de Mallois ! Mes belles fusées ne semblent pas à son goût, elles ont instantanément déclenché les siennes. Mais aucun missile Tomahawk ne m'arrêtera, Monsieur Mallois, aucun missile n'arrêtera le cours du destin.*

— S'il nous manque un bandeau, c'est que je ne suis pas l'auteur de ce divin « Réfugié poétique ». Son auteur, permettez-moi de vous le présenter, il s'agit de Cris Franck, dont nous nous réjouissons qu'il se soit joint à nous, et ce livre est une histoire vraie.

*La phrase qui tue. Le coup fatal. Objectif touché en plein cœur.*

*Mallois, d'ordinaire si prolixe et apte à monopoliser la parole en toute circonstance, s'était littéralement décomposé, le visage défait. Il était au bord de l'apoplexie, dans l'incapacité temporaire de prononcer le moindre mot, de reprendre la main de quelque manière qu'il soit. Je pouvais continuer à occuper le terrain.*

— Si nous l'avions signé sous le nom de Cris, vous l'auriez immédiatement catalogué dans la catégorie des livres des people, avec tous les sous-entendus qui en découlent en terme de qualités littéraires. Par trop de préjugés, vous auriez, sans vous y attarder, méprisé la forme, et ne vous seriez pas intéressés au fond. Alors, nous avons tenté de lui donner une chance, à ce livre, et manifestement nous avons bien fait.

*Il voulait un nègre, nous lui offrions un nègre. Et royal en prime. Visiblement, il paraissait lui rester en travers de la gorge. Un petit verre d'eau pour Monsieur Mallois s'il vous plaît, qu'il se reprenne, il étouffe un peu là.*

— Ah, j'oubliais, Jean-Roch n'était au courant de rien.

*Tout de même, un peu de charité chrétienne... excellent pour mon image de preux chevalier surtout...*

*Je crois que c'est le moment idéal pour m'évaporer, juste avant l'infarctus. Morgane je te le confie, veille bien sur lui.*

— Mais le mieux est que je vous laisse avec l'auteur, vous avez hâte je pense.

*Et voilà, belle intervention de guest-star, effet parfait, sortie aussi. Comme dans mes rêves les plus doux.*

*Sachez que personne ne m'impose rien, Monsieur Mallois. Jamais. Didier de Beauregard est un homme libre.*

— Cris Franck, bravo, ce premier livre édité est une œuvre d'une rare qualité [...]

---

*Tant de gens hochent la tête*
*Tant de gens n'ont pas le choix*
*Tant et tant d'idéaux se soumettent*
*À défaut de combat [...] J'ai dit non*
*(Louis Bertignac)*

# Chapitre 20

*Si on partait prendre l'air*
*Et tout ce ciel qu'on a perdu*
*(Calogero)*

*Quelques semaines plus tard*

— Alors, tu repars pour une autre aventure, il t'a signé pour un second ?

— Non, tu le sais, ma vie c'est la chanson, pas la littérature.

— Il ne t'a pas proposé ?

— Si, tu le connais, c'est un coriace ton éditeur. Mais je commence à avoir du répondant à mon âge.

— L'expérience ne t'a pas plu ?

— Elle m'a forcément plu, sauf que, à ton image, j'avais à cet instant quelque chose de précis à délivrer. Plus aujourd'hui.

— Mais, si le virus ne t'a pas gagné, tu ne vas rien retirer de cette expérience ?

— Rien ? Tu appelles cela rien ? Bien plus fort qu'un virus, j'ai gagné un ami. Cette richesse est inestimable. J'ai pu mettre en lumière Ugo, son histoire, et celle de ses compagnons, ce que je trouve très précieux aussi. Enfin, un producteur m'a avoué un coup de cœur pour ma quatrième de couverture — quelle belle intuition, lorsque je t'ai interrogé sur l'opportunité d'en fournir une à Mallois. Il m'a contacté pour en sortir un single, j'ai accepté. J'espère être un peu diffusé, et que le public y soit également sensible.

— Tu ne pouvais pas débuter par cette excellente nouvelle ? Je suis ravi pour toi Christophe !

— Tu devrais tout autant apprécier la suite. Il ne m'a opposé aucune difficulté à mon choix de titre : *Face B*. Tu remarqueras que je n'ai pas oublié un seul de tes souvenirs, et surtout pas celui où tu m'avais relaté que, tes compilations des plus grands succès du moment réalisées, tu recherchais avec avidité, sur les faces B de tes vinyles, les perles cachées susceptibles de se transformer en tubes ; ces perles que, à défaut du triomphe escompté, tu grimpais artificiellement dans ton Top 50 personnel.

J'ai en outre considéré que c'était un joli clin d'œil à cette possible renaissance du lobby des projecteurs sur ma modeste personne.

— Avec un titre de cette trempe, un avenir chantant lui est permis ! C'est tout le mal que je lui souhaite. J'adore !

— Et je vais t'offrir un petit bonus je crois. Quel que soit l'accueil qui lui sera réservé, je tiens d'ores et déjà à t'annoncer que j'ai décidé que ce titre servirait de fil conducteur à une nouvelle tournée — tournée qui commencera nécessairement en Auvergne, là où tout a démarré —, la tournée des vieux titres insoupçonnés qui refusent de mourir. Tous ces titres, compagnons silencieux de mes hits, qui ont complété tant d'albums en cohérence artistique, mais qui n'ont été joués qu'une seule fois au mieux, l'espace d'une saison, celle suivant la sortie de l'opus s'appuyant sur eux. Tous ces titres que je mettrai donc enfin à l'honneur. Tu vois, l'écoute de ton histoire ô combien convaincante a instillé en moi des évidences qui ont enfanté un énième pari musical.

— C'est la journée des beaux cadeaux ! Quel programme al-léchant, j'ai hâte ! Moi qui les connais tous par cœur, et qui ai tant désiré entendre en concert quelques-uns d'entre eux ! Et Ugo ? Du piédestal où tu m'as propulsé à ton sujet, je ne t'autorise plus à redescendre la barre.

— Plusieurs artistes de renom l'ont approché pour qu'il leur écrive des textes. Il est flatté, il est séduit, il va s'engager avec eux. Il a, par contre, bien vite écarté certaines propositions des plus commerciales et des plus creuses, avec des requins prêts à tout pour un coup médiatique. Ugo a donné, il se protège dé-sormais. Il est déterminé, il ne se relancera pas avec un micro, dans ce qu'il surnomme la grande « broyeuse ».

— Félicitations, tu ne m'as pas déçu !

— Et toi Didier ? Un projet de livre ?

— Non, je te l'ai dit, c'est fini.

— Que vas-tu faire alors ?

— Je vais m'installer à Cilaos.

— Où ?

— À Cilaos.

— Tu peux m'aider à me situer s'il te plaît ?

— Oui, excuse-moi, à la Réunion.

— Merci. Tu m'arrêtes si je me trompe, même si je me situe mieux, il me semble que la Réunion ne m'amène cependant pas d'élément de réponse très marquant à ma première question. Que vas-tu faire à Cilaos ?

— Profiter de la vie.

[...]

— Et regarder pousser mes chouchous.

[...]

— Tes… ?

— Mes chouchous. Mes chayottes si tu préfères.

— Non, tu n'es guère plus charitable là.

— Je vais essayer de te les décrire. Il s'agit de légumes dont la forme rappelle celle de l'avocat, en un peu plus gros, couleur vert clair, avec des côtes irrégulières et marquées. Tu les rencontres souvent sur des étals de produits exotiques.

— J'y suis ! Je les visualise clairement, tu me parles des christophines. Mais pourquoi cette passion soudaine ?

— Christophines, chayottes, ou chouchous, peu importe. Pourquoi ? C'est beau, une plantation de chouchous. Et puis c'est tranquille aussi. Il suffit de les laisser maturer six mois au soleil, avec un entretien minimaliste, pour les déguster ensuite sous différentes formes. Moi, j'ai un faible pour le gratin.

Et pour cette île par-dessus tout.

— Quelle qu'en soit la raison — que tu ne me livreras manifestement pas aujourd'hui —, je crois en effet discerner un attachement certain pour la région... qui n'empêchera pas des escales régulières en Normandie j'espère ? Nous pourrions par exemple tester les chouchous au camembert ?
— Mais bien sûr, nous ne serons pas si loin, voyons ! Ne compte pas te débarrasser de moi trop facilement. Et tu viendras aussi, je te ferai visiter ce paradis, et déguster toutes sortes de rhums arrangés, de rougails, de caris. Enfin, si tu acceptes Kali.

---

*Non mais tu vois c'que j'vois*
*Toute la vie devant toi*
*Viens voir comme elle est belle*
*J'te fais la courte échelle*
*(Vanessa Paradis)*

# Chapitre 21
*Sarà perché ti amo*
*(Ricchi e Poveri)*

Je suis enfin libre.

Parce que ce lieu de vie est infiniment paisible, et tout aussi remarquable de beauté que les précédents où mon périple a pu me mener.

Parce que j'y ai rencontré des âmes qui m'ont empli le cœur et m'ont ouvert le leur.

Parce que je me suis découvert une activité où j'ai le sentiment d'apporter ma pierre à un séduisant édifice.

Et...

~~~

*Parce que c'est toi le seul à qui je peux dire*
*Qu'avec toi je n'ai plus peur de vieillir*
*(Axelle Red)*

~~~

Mélanie.

Mélanie, cette jeune femme croisée par hasard, dans une ville où je ne devais initialement pas me rendre.

Un bras effleuré, un regard. Belle, fraîche, un rouge à lèvres à croquer, un bonnet blanc craquant. Et un sourire !

Nous ne nous reverrions jamais, nous n'étions pas programmés pour nous croiser, je la regretterais longtemps.

Et pourtant...

Poussé par un irrésistible pressentiment, je me suis retourné, je l'ai suivie, j'ai osé l'aborder.

Que le destin est doux.

Mélanie. Avant d'en parler à Cris, je devais être certain.

---

*J'ai pu lire dans le creux de ta main*
*Car je suis un petit peu devin*
*Que nous partagerions nos chagrins*
*Et nos sourires coquins*
*Mais que veux-tu ma douce*
*(Barcella)*

# Chapitre 22
*Nous recommencerons au **Début**, comme si c'était la fin*
*(La Grande Sophie)*

— Et vous connaissez Musso Monsieur ?

Je me trouvais pris sous un flot incessant de questions, que ces jeunes gens motivés me posaient avec beaucoup d'avidité.

— Oui, nous avons participé à des salons du livre ensemble.
— Et il est comment ? Il vous en a fait, à vous, une dédicace ?
— Non, je t'avoue que je ne lui ai pas demandé.

Je ne l'attendais pas celle-là.

— Vous avez vu son dernier livre ?

Vu ? Lu plutôt ?

— Effectivement, je l'ai lu. Et toi ?
— Oui. Elle est trop bien sa couverture.

Tout s'explique !

— Est-ce que ce livre t'a plu ? Tu peux nous raconter l'histoire ?
— Je ne me souviens plus trop Monsieur, mais la couverture elle est trop classe.

C'est un bon début.

Je pensais à mes chayottes qui allaient se développer, les lianes progresser, les fruits pousser.

Il en serait de même avec ces enfants, la culture allait s'étendre, s'étoffer.

Oui, vraiment un bon début.

## Début.

Voilà, je débute le livre du reste de ma vie.
C'était tout simple en fait.

Début.

# Remerciements

Je tenais à remercier très sincèrement Gisèle et Pierre, pour leur relecture attentive et précieuse de mon ouvrage.

Achevé d'imprimer en Janvier 2018,
par Lulu Press, Inc.
627 Davis Drive, Suite 300, Morrisville, NC 27650, États-Unis


Dépôt légal : Janvier 2018

*Olivier Laucournet – 1 allée Edouard Manet – 63400 Chamalières*